Thomas Bernhard
Der Atem

Noch nicht achtzehnjährig wurde Thomas Bernhard im Jahre 1949 aus musikalischen Studien und vertrauter Umgebung durch eine schwere Krankheit herausgerissen. Er taucht unter im stumpfen Weiß der Krankenhaussäle, ausgeliefert dem geschulten Blick des Personals, das ihn zielsicher unter die Sterbenden einordnet. Die letzte Station der gerade noch Lebenden des Hauses ist das Badezimmer, das nur Tote entläßt. Auch der junge Bernhard wird hineingeschoben. Umgeben von einer Atmosphäre, die den Lebenswillen tötet, weiß er aber plötzlich, daß er nicht aufhören darf zu atmen, daß er leben will.

Thomas Bernhard, geboren am 9. Februar 1931, lebte in Ohlsdorf, Oberösterreich. 1951–54 Studium an der Akademie für Musik und darstellende Kunst in Salzburg und an der Hochschule für Musik in Wien. Seit 1957 freier Schriftsteller. Er starb am 12. Februar 1989 in Gmunden.

Thomas Bernhard

Der Atem

Eine Entscheidung

dtv

8. Auflage 2025
2011 dtv Verlagsgesellschaft mbH & Co. KG
Tumblingerstraße 21, 80337 München
produktsicherheit@dtv.de

Umschlagkonzept: Balk & Brumshagen
Umschlagfoto: Erika Schmied
Gesamtherstellung: Druckerei C.H.Beck, Nördlingen
Printed in Germany · ISBN 978-3-423-13961-8

Da die Menschen unfähig waren, Tod, Elend, Unwissenheit zu überwinden, sind sie, um glücklich zu sein, übereingekommen, nicht daran zu denken.

Pascal

Es war, das zeigte sich dem noch nicht Achtzehnjährigen schon bald nach den von mir jetzt mit dem Willen zu Wahrheit und Klarheit zu notierenden Ereignissen und Geschehnissen nichts als nur folgerichtig, daß ich selbst erkrankte, nachdem mein Großvater plötzlich erkrankt war und in das nur wenige hundert Schritte von uns gelegene Krankenhaus hatte gehen müssen, wie ich mich erinnere und wie ich noch heute genau vor mir sehe, in seinem grauschwarzen Wintermantel, den ihm ein kanadischer Besatzungsoffizier geschenkt hatte, so unternehmend ausschreitend und seine Körperbewegung mit seinem Stock taktierend, als wollte er einen Spaziergang machen wie gewohnt, an seinem Fenster vorbei, hinter welchem ich ihn beobachtete, nicht wissend, wohin ihn, den einzigen wirklich geliebten Menschen, dieser Spaziergang führte, ganz sicher in traurig-melancholischer Gefühls- und Geistesverfassung, nachdem ich mich von ihm verabschiedet hatte. Das Bild ist mir wie kein zweites: der von einem angesehenen Salzburger Internisten einer von diesem nicht näher bezeichneten *Merkwürdigkeit* wegen zu einer klinischen Untersuchung, möglicherweise zu einem kleineren chirurgischen Eingriff, wie ausdrücklich gesagt worden war, ins Landeskrankenhaus Aufgeforderte verschwindet an einem Samstagnachmittag hinter der Gartenmauer unseres benachbarten Gemüsehändlers. Es muß mir klar gewesen sein, in diesem Augenblick war eine entscheidende Wende in unserer Existenz eingetreten. Meine eigene, durch meinen fortgesetzten Unwillen gegen Krankheitszustände unausgeheilte Krankheit war wieder, und zwar mit geradezu erschreckender Heftigkeit, ausgebrochen. Fiebernd und gleichzeitig in einem schmerzhaften Angstzustand, war ich schon einen Tag, nachdem mein Großvater das Krankenhaus aufgesucht hatte, unfähig gewesen, aufzustehen und in die Arbeit zu gehen. Aus dem Vorhaus, wo ich, aus Platzmangel und aus hier nicht näher zu erörternden, mir auch nicht vollkommen klaren familiären Gründen, mein Bett gehabt hatte, durfte ich, wahrscheinlich, weil allein der Anblick meines Zustandes eine solche Maßnahme als unbedingt und ganz einfach als selbstverständlich erfordert hatte, in das sogenannte Großvaterzimmer. Jetzt war es mir möglich, jede Einzelheit in dem Großvaterzimmer einer genaueren Betrachtung, ausgestreckt im Bett des Großvaters, jeden einzelnen ihm so lebensnotwendigen, mir auf die nützlichste Weise so vertrauten Gegenstand einer langen, ja ununterbrochenen Prüfung zu unterziehen. Größerer Schmerz und gesteigerte Angst hatten mich von Zeit zu Zeit abwechselnd meine Mutter oder meine Großmutter, die ich auf dem Gang gehört hatte, rufen lassen, und es mag den beiden mit allen möglichen Hausarbeiten beschäftigten und allein von der Tatsache des Krankenhausaufenthaltes meines Großvaters, ihres Mannes und Vaters, in Ungewißheit und Angst versetzten Frauen schließlich auf die angespannten Nerven gegangen sein, daß ich sie, möglicherweise viel öfter als tatsächlich erforderlich, zu mir in das Großvaterzimmer herein und an mein Bett gerufen hatte, denn plötzlich hatten sie sich meine fortwährenden Mutter- und Großmutterrufe verbeten und mich in ihrer gesteigerten Ungewißheit und Angst als einen sie ihrer Meinung nach ganz bewußt und bösartig peinigenden *Simulanten* bezeichnet, was mich, der ich ihnen zu früheren Gelegenheiten sicher für diese Bezeichnung Anlaß gegeben hatte, in diesem tatsächlich ernsten und, wie sich sehr rasch herausstellten sollte, lebensgefährlichen Zustande, zutiefst verletzen mußte, und waren, so sehr ich sie auch darum immer wieder, Mutter und Großmutter rufend, gebeten hatte, nicht mehr im Großvaterzimmer erschienen. Zwei Tage später erwachte ich in demselben Krankenhaus, in welchem mein Großvater schon mehrere Tage gewesen war, aus einer Bewußtlosigkeit, in welcher meine Mutter und meine Großmutter mich im Großvaterzimmer entdeckt hatten. Der von den erschrockenen Frauen herbeigerufene Arzt hatte mich gegen ein Uhr früh, wie ich später von meiner Mutter erfahren habe, nicht ohne Vorwürfe gegen Mutter und Großmutter, ins Krankenhaus transportieren lassen. Die Erkältung, die ich mir beim Abladen von mehreren Zentnern Kartoffeln im Schneetreiben auf dem Lastwagen vor dem Magazin der Lebensmittelhandlung des Podlaha zugezogen und die ich viele Monate ganz einfach ignoriert hatte, war jetzt nichts anderes als eine schwere sogenannte *nasse Rippenfellentzündung* gewesen, die von jetzt an während mehrerer Wochen immer wieder innerhalb weniger Stunden zwei oder drei Liter einer gelbgrauen Flüssigkeit produzierte, wodurch naturgemäß Herz und Lunge in Mitleidenschaft gezogen und der ganze Körper binnen kürzester Zeit auf die gefährlichste Weise geschwächt worden war. Schon kurz nach meiner Einlieferung in das Krankenhaus war ich punktiert und waren, sozusagen als erste lebensrettende Maßnahme, drei Liter dieser gelbgrauen Flüssigkeit aus meinem Brustkorb abgelassen worden. Doch von diesen Punktionen später. Aufgewacht bin ich und also wieder zu Bewußtsein gekommen in einem dieser riesigen, zum Teil mit Gewölben ausgestatteten Krankensäle, in welchen zwischen zwanzig und dreißig Betten standen, einmal weißgestrichene, aber längst an allen Ecken und Enden im Laufe der Jahre und Jahrzehnte abgestoßene, völlig verrostete Eisenbetten, die in den Sälen so eng aneinandergeschoben waren, daß es nur unter Anwendung von Geschicklichkeit *und* Brutalität möglich war, zwischen ihnen durchzukommen. In dem Saal, in dem ich aufgewacht bin, standen sechsundzwanzig Betten, jeweils zwölf waren so an die gegenüberliegenden Wände geschoben, daß zwischen ihnen auf dem so entstandenen Mittelgang noch zwei Platz hatten. Diese zwei Betten waren bis in die Höhe von eineinhalb Metern vergittert gewesen. Nachdem ich in dem Krankensaal aufgewacht war, hatte ich aber nur zwei Tatsachen feststellen können: daß ich in ein Bett am Fenster und unter ein kalkweißes Gewölbe gelegt worden war. Auf diesem Gewölbe oder wenigstens auf dem Gewölbeteil über mir haftete während der ersten Stunden nach meiner Bewußtlosigkeit mein Blick. Aus dem ganzen Saal hatte ich die Stimmen von alten Männern hören können, die ich nicht sehen konnte, weil ich zu schwach gewesen war, auch nur meinen Kopf zu bewegen. Als ich zum erstenmal zur Punktion abgeholt worden war, sind mir naturgemäß noch nicht die ganze Größe und die ganze Häßlichkeit dieses Krankensaales zu Bewußtsein gekommen, was ich wahrgenommen hatte, waren Schatten von Menschen und Mauern und von Gegenständen an diesen Menschen und Mauern und die mit diesen Menschen und Mauern und Gegenständen zusammenhängenden Geräusche, alles zusammen hatte ich auf diesem Weg durch den Krankensaal, auf welchem mir mehrere geistliche Schwestern und wie diese weißgekleidete Pfleger behilflich gewesen waren, schon ein von den vielen Penicillin- und Kampferspritzen auf ein Minimum herabgesetztes, mich aber tatsächlich in einen gegenüber meinen Anfangsschmerzen nicht nur erträglichen, sondern angenehmen Zustand versetzendes Wahrnehmungsvermögen gehabt, von allen Seiten hatten mich Hände, mir war vorgekommen, eine Unzahl von Händen, ohne daß ich diese Hände und auch nicht die zu diesen Händen gehörenden Menschen hätte sehen können, aus meinem Bett heraus und auf eine Tragbahre gehoben und gezogen und geschoben und in dicke Decken gewickelt und schließlich, alles war mir verschwommen und in der größten Undeutlichkeit, durch den ganzen, wie mir vorgekommen war, von Hunderten von Leidensgeräuschen angefüllten Krankensaal hinaus auf den Gang befördert und durch den langen, mich vollkommen aus dem Gleichgewicht bringenden Gang mit seinen unendlich vielen offenen und geschlossenen, von Hunderten, wenn nicht Tausenden von Patienten bevölkerten Zimmern in eine, wie mir vorgekommen war, enge, kahlgraue Ambulanz gebracht, in welcher mehrere Ärzte und Schwestern beschäftigt waren, deren Gespräche oder auch nur einzelne Wörter oder auch nur Rufe ich nicht verstehen hatte können, die aber ununterbrochen miteinander gesprochen und immer wieder etwas gerufen hatten; wie ich mich auch noch an die Tatsache erinnere, daß plötzlich, nachdem meine Bahre abgestellt gewesen war, gleich neben der Tür neben einer anderen Bahre, auf welcher ein alter Mann mit einem vollkommen verbundenen Kopf gelegen war, mehrere ärztliche Instrumente zu Boden gefallen waren, an das fürchterliche Aneinanderschlagen von Blechkübeln, dann wieder Lachen, Schreien, Zufallen von Türen, wie plötzlich hinter mir Wasser aus einem Leitungshahn in eine Emailschüssel heruntergelassen, der Leitungshahn abrupt wieder zugedreht worden war; mir war vorgekommen, gerade in diesem Augenblick hatten die Ärzte eine Reihe von mir unverständlichen lateinischen Wörtern gesprochen, nur für sie bestimmtes Medizinisches, darauf waren wieder Befehle, Anweisungen, Geräusche von Gläsern, Schläuchen, Scheren, Schritte zu hören gewesen. Ich selbst hatte während dieser Zeit wahrscheinlich die unterste Grenze meines Wahrnehmungsvermögens erreicht und folglich auch keinerlei Schmerzen mehr. Mir war nicht klar gewesen, in welchem Teil des Krankenhauses ich mich zu diesem Zeitpunkt befand, auch hatte ich keine Ahnung von der Lage des Krankensaales, ich muß mich in Fußbodennähe befunden haben, weil ich so viele Beine gehen gehört und gesehen habe, und allem Anschein nach waren die Ärzte und Schwestern außer mit mir mit vielen anderen Patienten beschäftigt gewesen, ich selbst hatte aber die längste Zeit den Eindruck, ich sei in die Ambulanz hereingelegt und dann auch schon vergessen gewesen, daß sich um mich überhaupt niemand kümmerte, hatte ich gedacht, weil alle in der Ambulanz immer nur an mir vorübergingen, einerseits hatte ich das Gefühl, bald erdrückt zu sein und ersticken zu müssen, andererseits war mein Zustand ein leichter, schwereloser. Noch hatte ich nicht gewußt, was eine solche mir angekündigte Punktion bedeutete, weil ich die erste an mir vorgenommene infolge meiner Bewußtlosigkeit gar nicht wahrgenommen hatte, aber gleich, was mir bevorstand, ich hatte mich längst in alles gefügt, und ich hätte alles mit mir geschehen lassen, ich hatte infolge der mir in der Zwischenzeit bereits verabreichten Medikamente keinerlei Willenskraft mehr, nur noch Geduld und auch keinerlei Angst, gleich, was auf mich zukommen sollte, nicht die geringste Angst, von dem Augenblick an, in welchem ich auf einmal schmerzfrei war, hatte ich keine Angst mehr, alles in mir war nur noch Ruhe und Gleichgültigkeit. So hatte ich schließlich vollkommen widerstandslos von der Bahre gehoben und auf einen mit einem weißen Leintuch zugedeckten Tisch gesetzt werden können. Mir gegenüber war ein großes, mattes, undurchsichtiges Fenster gewesen, und ich hatte versucht, solange als möglich auf dieses Fenster zu schauen. Wer mich stützte, weiß ich nicht, ohne diese Stütze aber wäre ich augenblicklich kopfüber nach vorn gefallen. Ich fühlte mehrere Hände, die mich hielten, und ich sah ein Fünf-Liter-Gurkenglas neben mir. Die gleichen Gurkengläser hatten wir im Geschäft. Was jetzt komme, sei notwendig und in ein paar Minuten auch schon wieder vorbei, hatte ich hinter mir von dem Arzt gehört, der dann die Punktion vorgenommen hat. Ich kann nicht sagen, daß das Durchstechen des Brustkorbes schmerzhaft gewesen war, aber der Anblick des Gurkenglases neben mir, in welches der rote Gummischlauch, der mit der Punktionsnadel verbunden war, die in meinem Brustkorb steckte, mit seinem anderen Ende hineingelegt worden war, genau der gleiche Gummischlauch, den wir im Geschäft zum Essigabziehen verwendeten und durch welchen nach und nach, und zwar stoßweise unter rhythmischen Pump- und Sauggeräuschen die schon erwähnte gelbgraue Flüssigkeit in das Gurkenglas abgeleitet, und zwar so lange abgeleitet worden war, bis das Gurkenglas neben mir über die Hälfte angefüllt gewesen war, hatte zu plötzlicher Übelkeit und in eine unmittelbar darauffolgende neuerliche Bewußtlosigkeit geführt. Erst im Krankensaal, in meinem Eckbett, war ich wieder zu mir gekommen. Ich hatte kein Zeitgefühl, und ich wußte nicht wann und nicht wie ich in das Krankenhaus gekommen und wie lange ich bewußtlos gewesen war, als ich zum erstenmal in dem Krankensaal aufwachte. Ich hatte zwar die Schatten von Menschen vor mir gesehen, aber nicht verstanden, was sie gesprochen, zu mir gesagt hatten. Zuerst war mir selbst die Ursache meines Krankenhausaufenthaltes nicht bekannt gewesen. Ich fühlte aber, daß es sich um eine *schwere*

Erkrankung handelte. Nach und nach erinnerte ich mich an den Ausbruch der Krankheit und daß ich mehrere Tage im Großvaterzimmer gelegen war. Plötzlich war meine tagelange Betrachtung des Großvaterzimmers abgebrochen gewesen. Dann nichts mehr, nicht die kleinste, nicht die geringste Erinnerung. Jetzt war mir aber klar geworden, daß mich meine den halben Winter ignorierte *Verkühlung* in das Krankenhaus hereingebracht hatte. Ich war dem Großvater in das Krankenhaus nachgefolgt. Ich versuchte eine Rekonstruktion der Ereignisse und Geschehnisse der letztvergangenen Tage und scheiterte. Jeder Gedanke war bald von Mattigkeit und von Müdigkeit abgebrochen, unmöglich gemacht. Kein Gesicht, das ich kannte, kein Mensch, der mich aufklärte. In immer kürzeren Abständen war ich abgedeckt, war mir ein Medikament injiziert worden. Ich versuchte mich an den Schatten und an den Geräuschen zu orientieren, aber es blieb alles unklar. Manchmal schien es, als hätte jemand etwas zu mir gesagt, aber dann war es schon zu spät, ich hatte es nicht verstanden. Die Gegenstände waren undeutlich, schließlich überhaupt nicht mehr erkennbar gewesen, die Stimmen hatten sich entfernt. Es war Tag, es war Nacht, immer der gleiche Zustand. Das Gesicht des Großvaters, vielleicht das der Großmutter, meiner Mutter. Dann und wann war mir Nahrung eingeflößt worden. Keine Bewegung mehr, nichts mehr. Mein Bett wird auf Räder gehoben und durch den Krankensaal geschoben, hinaus auf den Gang, durch eine Tür, so weit, daß es an ein anderes anstößt. Ich bin im Badezimmer. Ich weiß, was das bedeutet. Jede halbe Stunde kommt eine Schwester herein und hebt meine Hand auf und läßt sie wieder fallen, das gleiche macht sie wahrscheinlich mit einer Hand in dem Bett vor meinem Bett, das schon länger als meines in dem Badezimmer gestanden ist. Die Abstände, in welchen die Schwester hereinkommt, verringern sich. Irgendwann kommen graugekleidete Männer mit einem verschlossenen Zinkblechsarg herein, decken ihn ab und legen einen nackten Menschen hinein. Mir ist klar, der, den sie an mir vorbei in dem wieder festverschlossenen Zinkblechsarg aus dem Badezimmer hinaustragen, ist der Mensch aus dem Bett vor meinem Bett. Die Schwester kommt jetzt nurmehr noch meine Hand aufzuheben. Ob noch ein Pulsschlag feststellbar ist. Plötzlich fällt die nasse und schwere Wäsche, die die ganze Zeit an einem quer durch das Badezimmer und gerade über mir gespannten Strick aufgehängt gewesen war, auf mich. Zehn Zentimeter, und die Wäsche wäre auf mein Gesicht gefallen, und ich wäre erstickt. Die Schwester kommt herein und packt die Wäsche und wirft sie auf einen Sessel neben der Badewanne. Dann hebt sie meine Hand auf. Sie geht die ganze Nacht durch die Zimmer und hebt immer wieder Hände auf und fühlt den Pulsschlag. Sie fängt an, das Bett abzuziehen, in welchem gerade ein Mensch gestorben ist. Dem Atem nach ein Mann. Sie wirft das Bettzeug auf den Boden und hebt, wie wenn sie jetzt auf meinen Tod wartete, meine Hand auf. Dann bückt sie sich, nimmt das Bettzeug und geht mit dem Bettzeug hinaus. *Jetzt* will ich leben. Ein paarmal noch kommt die Schwester herein und hebt meine Hand auf. Dann, gegen Morgen, kommen Pfleger und heben mein Bett auf Gummiräder und fahren es in den Krankensaal zurück. Plötzlich, denke ich, hat der Atem des Mannes vor mir aufgehört. Ich will nicht sterben, denke ich. *Jetzt* nicht. Der Mann hat plötzlich zu atmen aufgehört. Kaum hatte er zu atmen aufgehört, waren die graugekleideten Männer von der Prosektur hereingekommen und hatten ihn in den Zinkblechsarg gelegt. Die Schwester hat es nicht mehr erwarten können, daß er zu atmen aufgehört hat, dachte ich. Auch ich hätte zu atmen aufhören können. Wie ich jetzt weiß, war ich gegen fünf Uhr früh wieder zurückgebracht worden in den Krankensaal. Aber die Schwestern, möglicherweise auch die Ärzte, waren sich nicht sicher gewesen, sonst hätten mir die Schwestern nicht gegen sechs in der Früh von dem Krankenhauspfarrer die sogenannte *Letzte Ölung* geben lassen. Ich hatte das Zeremoniell kaum wahrgenommen. An vielen andern habe ich es später beobachten und studieren können. Ich wollte *leben*, alles andere bedeutete nichts. Leben, und zwar *mein* Leben, *wie und solange ich es will.* Das war kein Schwur, das hatte sich der, der *schon aufgegeben gewesen war*, in dem Augenblick, in welchem der andere vor ihm zu atmen aufgehört hatte, vorgenommen. Von zwei möglichen Wegen hatte ich mich in dieser Nacht in dem entscheidenden Augenblick für den des Lebens entschieden. Unsinnig, darüber nachzudenken, ob diese Entscheidung falsch oder richtig gewesen ist. Die Tatsache, daß die schwere, nasse Wäsche nicht auf mein Gesicht gefallen war und mich nicht erstickt hatte, war die Ursache dafür gewesen, daß ich nicht aufhören wollte zu atmen. Ich hatte nicht, wie der andere vor mir, aufhören wollen zu atmen, ich hatte weiteratmen und weiterleben wollen. Ich mußte die sicher auf meinen Tod eingestellte Schwester zwingen, mich aus dem Badezimmer heraus- und in den Krankensaal zurückführen zu lassen, und also mußte ich *weiter*atmen. Hätte ich nur einen Augenblick in diesem meinem Willen nachgelassen, ich hätte keine einzige Stunde länger gelebt. Es war an mir, ob ich weiteratmete oder nicht. Nicht die Leichenträger in ihren Prosekturkitteln waren in das Badezimmer hereingekommen, um mich abzuholen, sondern die weißen Pfleger, die mich in den Krankensaal zurückgebracht haben, wie ich es wollte. *Ich* bestimmte, welchen der beiden möglichen Wege ich zu gehen hatte. Der Weg in den Tod wäre leicht gewesen. Genauso hat der Lebensweg den Vorteil der Selbstbestimmung. Ich habe nicht alles verloren, mir ist alles geblieben. Daran denke ich, will ich weiter. Gegen Abend hatte ich zum erstenmal einen Menschen erkannt, meinen Großvater. Er hatte sich neben mir auf einen Sessel gesetzt und meine Hand festgehalten. Jetzt war ich mir sicher. Jetzt mußte es aufwärts gehen. Ein paar Wörter seinerseits, dann war ich erschöpft gewesen. Auch meine Großmutter und meine Mutter hatten ihren Besuch angekündigt. Er, der nur wenige hundert Schritte in einem anderen, in dem sogenannten chirurgischen Gebäudekomplex desselben Krankenhauses untergebracht war, werde mich von jetzt an täglich besuchen, so mein Großvater. Ich hatte das Glück, den mir liebsten Menschen in nächster Nähe zu wissen. Eine Menge herzstärkender Mittel, die mir zusätzlich zu Penicillin und Kampfer verabreicht worden waren, hatten meinen Zustand, wenigstens was mein Wahrnehmungsvermögen betroffen hatte, verbessert, langsam waren aus den Schatten von Menschen und Mauern und Gegenständen wirkliche Menschen und wirkliche Mauern und wirkliche Gegenstände geworden, als ob sich am nächsten Morgen nach und nach alles aufgeklart hätte. Die Stimmen hatten jetzt auf einmal die zum Gehörtwerden notwendige Deutlichkeit und waren mir plötzlich verständlich gewesen. Die Hände, die mich berührten, waren auf einmal die von Schwestern, die mir bis jetzt immer nur als große weiße Flecken vor meinen Augen erschienen waren, ein Gesicht, ein zweites Gesicht hatte ich ganz klar gesehen. Aus den Betten meiner Mitpatienten waren nicht nur undeutliche Stimmen und Geräusche, sondern auf einmal tatsächlich vollkommen verständliche Wörter, ja ganze Sätze zu hören gewesen, als ob zwischen zwei Patienten eine Unterhaltung über mich stattgefunden hätte, war es mir vorgekommen, Anspielungen auf mein Bett und auf meine Person waren für mich ohne weiteres erkennbar. Jetzt hatte ich den Eindruck, daß mehrere Schwestern und Pfleger und ein Arzt im Krankensaal mit einem Toten beschäftigt gewesen waren, alles, was ich hörte, waren Hinweise darauf, daß von einem Toten gesprochen wurde. Aber ich hatte nichts von dem Toten sehen können. Ein Name war genannt worden, dann war die Unterhaltung unter den Schwestern und Pflegern, an welcher auch immer wieder der Arzt beteiligt gewesen war, wieder undeutlich, schließlich für mich nicht mehr zu hören gewesen, bis ich, nach einiger Zeit, wieder Wörter deutlich hören und verstehen und auf ihre Bedeutung hatte prüfen können. Offensichtlich hatten sich die Schwestern und Pfleger und der Arzt von dem Toten wieder entfernt, und die Schwestern waren darangegangen, die Patienten zu waschen. Am andern Ende des Krankensaales muß eine Wasserleitung, möglicherweise sogar ein Waschbecken an der Wand gewesen sein, an welchem die Schwestern Wasser holten. Es war nur ein schwaches Licht im Krankensaal, eine einzige Kugellampe an der Decke, die tatsächlich ein Gewölbe war, mußte den ganzen Krankensaal ausleuchten. Die Nächte waren lang, und erst gegen acht Uhr war von draußen Licht zu erwarten. Jetzt war es aber erst halb sechs oder sechs gewesen und schon stundenlang Unruhe im Krankensaal und auf dem Gang. Ich hatte schon viele Tote in meinem Leben gesehen, aber noch keinen Menschen *sterben*. Den Mann, der im Badezimmer vor mir plötzlich zu atmen aufgehört hatte, hatte ich sterben *gehört*, nicht sterben *gesehen*. Und jetzt, im Krankensaal, war wieder ein Mensch gestorben, wieder hatte ich einen sterben *gehört*, nicht sterben *gesehen*, alles, so dachte ich jetzt, noch immer vollkommen bewegungsunfähig in meinem Bett liegend, hatte vorher, bevor die Schwestern und die Pfleger und der Arzt sich mit dem Toten beschäftigt hatten, mit dem Sterbenden zu tun gehabt, alle diese seltsamen, einen Menschen abschließenden Geräusche, wie ich jetzt wußte. Aber dieser Mensch hatte auf ganz andere Weise aufgehört. Während der Mann im Badezimmer auf einmal, ohne die geringste Vorankündigung, nicht mehr geatmet gehabt hatte und tot gewesen war, hatte sich das Sterben desjenigen, der jetzt nurmehr noch tot im Krankensaal lag, ich hatte nicht sehen können, wo genau, aber doch durch die Geräusche um ihn herum feststellen können, wo ungefähr, völlig anders vollzogen, dieser Sterbende hatte sich, wie ich deutlich gehört hatte, in seinem Bett mehrere Male heftig und wie wenn er sich immer wieder und zuletzt noch mit der äußersten Körperanstrengung gegen den Tod *wehren* wollte, in seinem Bett hin und her geworfen. Zuerst waren mir diese renitenten und lauten Bewegungen nicht als die renitenten und lauten Bewegungen eines Sterbenden zu Bewußtsein gekommen. Er hatte seinen Körper noch einmal herumgeworfen und war dann tot liegengeblieben zum Unterschied von dem Mann im Badezimmer, der ganz einfach, *ohne die geringste Vorankündigung,* aufgehört hatte zu atmen. Ein jeder ist anders, ein jeder lebt anders, ein jeder stirbt anders. Ich hätte, wäre ich dazu imstande gewesen, wenn ich nur die Kraft gehabt hätte, meinen Kopf zu heben, das gleiche gesehen, das ich dann später sehr oft gesehen habe, einen Toten im Krankensaal, von dem man weiß, daß er, der Vorschrift entsprechend, noch drei Stunden in seinem Bett liegen bleiben und dann abgeholt wird. Ohne daß ich es bis zu diesem Zeitpunkt selbst hatte sehen können, war mir doch klar gewesen, daß in dem Krankensaal nur solche Patienten untergebracht waren, von welchen man nichts als den Tod erwartete. Die wenigsten, die jemals in dieses Zimmer hereingekommen sind, haben es lebend wieder verlassen. Es war, wie ich später erfahren habe, das sogenannte *Alterszimmer,* in welches die alten Männer zum Sterben hereingebracht wurden. Die meisten hatten sich nur Stunden oder höchstens Tage in diesem *Alterszimmer* aufgehalten, das ich selbst für mich als *Sterbezimmer* bezeichnet habe. Nur wenn im Badezimmer Platz gewesen war, hatte man die, deren Tod aller Voraussicht nach unmittelbar bevorstand, aus dem Sterbezimmer hinaus und auf den Gang und in das Badezimmer gebracht, aber selten war im Badezimmer Platz gewesen, in der Zeit zwischen drei und sechs Uhr früh waren die meisten gestorben, und gegen ein und zwei Uhr in der Nacht war das Badezimmer schon besetzt gewesen, in ihm hatten drei Betten hintereinander Platz gehabt. Es war auch von der Laune und von der Arbeitswilligkeit der Schwestern abhängig, auch, ob genügend Pfleger zur Verfügung standen, ob ein Sterbender frühzeitig aus dem Sterbezimmer in das Badezimmer transportiert worden ist oder nicht, dieser in jedem Falle immer beschwerliche Abtransport eines Sterbenden aus dem von mir so genannten Sterbezimmer, das Aufbocken seines Bettes auf die Gummiräder, das Herausziehen des Bettes aus seinem Standort an der Wand und das sehr anstrengende Hinausschieben auf den Gang war in den meisten Fällen doch unterlassen worden. Die Schwestern hatten einen geschulten Blick für die *Todeskandidaten*, sie sahen schon lange, bevor der Betroffene selbst es fühlte, daß es mit dem einen oder anderen in der kürzesten Zeit zu Ende gehen würde. Sie waren seit Jahren oder schon seit Jahrzehnten dort stationiert gewesen, wo so viele Hunderte und Tausende Menschenleben zu Ende gegangen sind, und sie verrichteten naturgemäß ihre Arbeit mit der größten Geschicklichkeit, mit dem größten Gleichmut. Ich selbst war nicht nur infolge der totalen Überfüllung des Krankenhauses in das Sterbezimmer gekommen, in ein Bett, in dem, wie ich später in Erfahrung gebracht habe, erst wenige Stunden vorher ein Mann gestorben war, ich war dort sicher auch auf Veranlassung des nachtdiensthabenden Arztes eingewiesen, welcher mir wahrscheinlich keine Chance mehr gegeben hatte. Mein Zustand muß ihm bedenklicher gewesen sein als die Roheit, mich, den Achtzehnjährigen, in das nur von Siebzigjährigen und von Achtzigjährigen belegte Sterbezimmer hineinlegen zu lassen. Meine seit frühester Kindheit an mir praktizierte Abhärtung und meine immer auch angewandte Schmerz*verweigerung* hatten sich, was diesen lebensbedrohenden Krankheitsrückfall betraf, nicht nur als schädlich und im Grunde genommen als tatsächlich fahrlässig und letzten Endes nicht nur lebensgefährlich, sondern als lebensbedrohend erwiesen und hätten beinahe, wie gesagt werden kann, um ein Haar, mein Leben ausgelöscht. Denn Tatsache ist, daß ich den ganzen Herbst und den halben Winter die Krankheit, wahrscheinlich eine leichte Lungenentzündung, unterdrückt, schließlich, um nicht in den Krankenstand gehen und zuhause bleiben zu müssen, ignoriert hatte und daß diese von mir unterdrückte und ignorierte Krankheit naturgemäß gerade wieder zu dem Zeitpunkt ausgebrochen ist, ausbrechen hatte müssen, der mit dem Auftreten der Krankheit meines Großvaters zusammenfiel. Ich erinnere mich, daß ich tagelang, vielleicht wochenlang, ein höheres, schließlich sogar hohes Fieber vor den Meinigen und vor dem Podlaha verheimlichen hatte können. Ich wollte in meinem so gut funktionierenden Lebensablauf durch nichts gestört sein. Ich hatte einen Existenzrhythmus gefunden gehabt, der meinen Ansprüchen genügt und der mir tatsächlich entsprochen hatte. Ich hatte mir ein ideales Dreieck geschaffen gehabt, dessen Bezugspunkte, Kaufmannslehre, Musikstudium, Großvater und Familie, meiner Entwicklung auf die höchstmögliche Weise nützlich gewesen waren. Ich durfte mir keine Störung, also auch keine Krankheit leisten. Meine Rechnung war aber nicht aufgegangen, und im nachhinein ist es klar, daß eine solche Rechnung überhaupt nicht aufgehen kann. Kaum hatte ich, nachdem ich das Gymnasium verlassen und mein Glück in dem Kaufmannsladen des Podlaha gesucht hatte, eine mich tatsächlich befriedigende Existenzmöglichkeit gefunden, die mich kühn und mutig zugleich gegen alle Widerstände mein Leben in die Hand (und vor allem auch in den Kopf) hatte nehmen lassen, war ich auch schon wieder aus diesem Ideal herausgerissen. Es ist, denke ich, durchaus möglich, daß ich selbst nicht mehr erkrankt wäre, hätte nicht mein Großvater das Krankenhaus aufsuchen müssen. Aber das ist ein absurder Gedanke, wenn auch ein natürlicher, gerechtfertigter. Es ist klar, daß auch die Jahreszeit den Ausschlag gegeben hatte, der Jahresanfang ist die gefährlichste aller Jahreszeiten, und der Jänner ist von den meisten Menschen nur auf die schwierigste Weise zu überbrücken, der ältere Mensch, geschweige denn der alte, wird vom Jahresanfang *gebrochen.* Lange Zeit niedergehaltene Krankheiten kommen zum Jahresanfang, aber mit größter Wahrscheinlichkeit immer gegen die Jännermitte zum Ausbruch. Die Körperkonstitution, die der ungeheuren Belastung einer oder mehrerer Krankheiten den ganzen Herbst und den halben Winter gewachsen gewesen war, bricht Mitte Jänner zusammen. Zu diesem Zeitpunkt sind, das ist nie anders gewesen, die Krankenhäuser überfüllt und die Ärzte überfordert, und das Totengeschäft ist auf dem Höhepunkt. Ich hatte es ganz einfach nicht ertragen können, daß mein Großvater in das Krankenhaus gehen mußte. Und hatte ich so viele Monate vorher alles nur Mögliche zur Unterdrückung meiner eigenen Krankheit getan, jetzt, nachdem mein Großvater das Krankenhaus aufgesucht hatte, war dieses System der Krankheitsunterdrückung und der Krankheitsverweigerung in mir zusammengebrochen. Dieser Zusammenbruch hatte nur ein paar Stunden gedauert. Den Meinigen mag zuerst die Tatsache, daß ich an dem Morgen, nachdem mein Großvater in das Krankenhaus gegangen war, nicht mehr aufstehen hatte können, weil ich wahrscheinlich auch nicht mehr aufstehen wollte, als die gegen sie gerichtete Marotte des von seinem Großvater geliebten Enkels erschienen sein, gegen die es keinen Pardon zu geben hatte. So groß durfte die Liebe des Enkels zu seinem Großvater und umgekehrt nicht sein, daß der Enkel seinem Großvater *selbst in die Krankheit* nachfolgte. Aber mein tatsächlicher Zustand hatte sie bald von dem Wahrheitsgehalt meiner Krankheit überzeugt. Sie mußten dieser meiner Krankheit aber dann mißtraut haben, denn in ihrem Verhalten mir gegenüber war deutlich gewesen, daß sie diese meine Krankheit in ihrem Innersten nicht nur nicht ernst genommen, sondern überhaupt nicht *akzeptiert* hatten. Sie waren gegen meine Krankheit gewesen, weil sie gegen meine Liebe zu meinem Großvater gewesen waren. Für sie war ganz entschieden diese meine jetzt nach dem Krankenhausaufsuchen meines Großvaters auf einmal so heftig ausgebrochene Krankheit ein von mir rücksichtslos ausgespielter Trumpf gegen sie, den sie mir nicht gönnten. Ihr Denken und das aus diesem ihrem Denken heraus entwickelte Fühlen und Handeln in diesem Punkte waren aber sehr bald durch die dann urplötzlich und mit großer Gewalt auf uns alle hereingebrochenen Ereignisse und Geschehnisse überholt und auf, wie ich glaube, entschiedene und lehrreiche Weise zurechtgewiesen. Ganz naturgemäß hatte sich der schwierige Enkel unter dem Schutz seines Großvaters schon sehr früh auch seelisch und geistig von ihnen abgesondert und, seinem Wesen und immer auch seinem Alter entsprechend, ihnen gegenüber eine kritische Haltung eingenommen, was sie auf die Dauer nicht dulden und letzten Endes niemals ertragen konnten. Nicht bei ihnen war ich ja aufgewachsen, sondern bei meinem Großvater, ihm verdankte ich alles, was mich schließlich lebensfähig und in hohem Maße auch immer wieder glücklich gemacht hatte, nicht ihnen. Das heißt nicht, daß ich ganz ohne Zuneigung für sie gewesen wäre, auch ihnen bin ich lebenslänglich und auf die natürlichste Weise selbstverständlich verbunden gewesen, wenn meine Zuneigung und Liebe ihnen auch nicht und niemals in dem hohen Maße zukommen hatte können wie meinem Großvater. Er hatte mich akzeptiert, nachdem mich alle anderen nicht akzeptiert hatten, ja selbst meine eigene Mutter nicht, er war ihnen allen in Zuneigung und Liebe um beinahe alles voraus gewesen. Ein Leben ohne ihn war mir lange Zeit unvorstellbar gewesen. Es war die logische Konsequenz, ihm selbst in das Krankenhaus nachzufolgen. In meinem Eckbett, auf einmal in dem vollen Bewußtsein meiner Lage, mußte ich natürlich auf diesen Gedanken gekommen sein, daß ich gar keine andere Wahl hatte, als in dem Augenblick nachzulassen und aufzugeben, in welchem mein Großvater in das Krankenhaus gegangen war und mich, so meine Empfindung, während ich, ihn beobachtend, an seinem Fenster gestanden war, verlassen hatte. Über seine Krankheit wußte ich nichts, bei seinem ersten Besuch an meinem Bett hatte er davon nicht gesprochen, wahrscheinlich war ihm selbst darüber noch nichts bekannt gewesen, vermutlich hatte er die verordneten Untersuchungen noch vor sich, auch hätte er sicher mit mir in diesen Augenblicken des Wiedersehens nicht darüber gesprochen, schon aus dem einen Grund, mich nicht zu verletzen, mich in meinem offensichtlichen Schwächezustand nicht noch mehr herabzusetzen, die Ungewißheit, seine Krankheit betreffend, hatte aber naturgemäß ihre Wirkung auf mich gehabt, und nicht meine eigene Krankheit hatte mich jetzt, nachdem ich, wenn auch nur zu kurzzeitigem, so doch durchaus wieder zu folgerichtigem Denken befähigt gewesen war, beschäftigt, sondern die seinige. Die kurze Zeit, welche ich wieder zu Gedanken befähigt gewesen war, war ausschließlich auf die Krankheit meines Großvaters konzentriert gewesen. Aber es war über diese Krankheit auch nichts von meiner Großmutter und von meiner Mutter zu erfahren gewesen. Möglicherweise, so hatte ich denken müssen, verheimlichten mir alle diese Krankheit, wenn ich sie danach fragte, antworteten sie nicht und lenkten mich sofort davon ab. Aber ich entbehrte nicht das Wichtigste, nämlich, daß mein Großvater, wie versprochen, jeden Nachmittag zu mir an mein Bett kam. Er war es, der mich als erster auf die Gefährlichkeit meiner Krankheit aufmerksam gemacht und mir von der Zeit meiner Bewußtlosigkeit einen Bericht gegeben hat. Er verhinderte aber, daß wir uns beide schwächten, indem wir nicht zuviel von Krankheit und Unglück redeten. Es war mir während seiner Besuche an meinem Bett nichts als nur höchstes Glück gewesen, wenn ich meine Hand in der seinigen fühlte. Der Jüngling, der beinahe schon achtzehnjährige Enkel, hatte jetzt eine viel intensivere, weil vor allem geistige Beziehung zu seinem Großvater als der Knabe, der ihm nur in Gefühlen verbunden gewesen war. Wir mußten nicht viele Worte wechseln, um uns und das Übrige zu verstehen. Wir hatten beschlossen, alles zu tun, um aus dem Krankenhaus wieder hinauszukommen. Auf einen neuen Anfang, auf einen neuen Lebensanfang sollten wir uns gefaßt machen. Mein Großvater hatte von einer Zukunft gesprochen (für uns beide), wichtiger und schöner als die Vergangenheit. Es komme nur auf den Willen an, beide hätten wir den Willen, diese Zukunft *zu besitzen,* in höchstem Maße. Der Körper gehorche dem Geist und nicht umgekehrt. Der Tagesablauf im Sterbezimmer war ein schon seit Jahrzehnten bis in die kleinsten Einzelheiten hinein vollkommen eingespielter, und selbst die erschreckendsten Ereignisse und Geschehnisse waren für die in diesem Tagesablauf Beschäftigten nur noch unauffällige und alltägliche. Den zum erstenmal in dieses Krankheits- und Todesgetriebe hereingekommenen, noch dazu jungen Menschen aber mußte die plötzliche und erste Konfrontation mit dem Lebensende zutiefst erschrecken. Er hatte von der Fürchterlichkeit des Lebensendes bis jetzt nur gehört gehabt, niemals ein solches Lebensende gesehen, geschweige denn soviele an ihrem tatsächlichen Lebensende angekommene Menschen auf einmal in und auf einem solchen Schmerzens- und Leidenshöhepunkte gesehen. Was sich hier zeigte, war nichts anderes als eine pausenlos und intensiv und rücksichtslos arbeitende Todesproduktionsstätte, die ununterbrochen neuen Rohstoff zugewiesen bekommen und verarbeitet hat. Nach und nach hatte ich die Vorgänge in dem sich mir mehr und mehr aufklärenden Sterbezimmer nicht nur mit der Gleichgültigkeit des ganz von seinem Leiden in Anspruch genommenen Kranken anschauen, sondern mit dem wiedererwachten Verstand registrieren und prüfen können. Nach und nach mir, von dem ersten gelungenen Kopfheben an, ein Bild gemacht von den Menschen, mit welchen ich schon seit Tagen diesen von mir, wie ich sehr bald eingesehen habe, zu Recht als *Sterbezimmer* bezeichneten Krankensaal teilte. Tatsächlich waren im Sterbezimmer genausoviele Patienten wie Betten. Kein Bett ist länger als nur wenige Stunden ohne einen Patienten gewesen.

Die Patienten wurden, wie ich schon sehr bald hatte feststellen können, nicht nur täglich, sondern stündlich und ohne daß diese Prozedur für das Personal erschreckend gewesen wäre, ausgewechselt, weil sie in dieser Jahreszeit in kurzen und in immer kürzeren Abständen starben und nicht schnell genug starben, wie ich dachte, um ihre Betten für ihre Nachfolger freizumachen. Schon drei, vier Stunden, nachdem einer gestorben und aus seinem Bett entfernt und in die Prosektur gebracht worden war, hatte sein Nachfolger in diesem Bett seinen letzten Todeskampf aufgenommen. Daß Sterben letzten Endes etwas so Alltägliches ist, hatte ich vorher nicht wissen können. Eines hatten alle in dieses Sterbezimmer Hereingekommenen ganz sicher gemeinsam: sie wußten, daß sie aus diesem Sterbezimmer *nicht mehr lebend* hinauskommen würden. Solange ich in diesem Sterbezimmer gewesen war, hatte es keiner lebend verlassen. Ich war die Ausnahme. Und ich hatte, wie ich glaubte, ein Recht dazu, weil ich erst achtzehn Jahre alt war und also noch jung und nicht alt. Nach und nach war mir gelungen, was ich schon vom ersten Augenblick meines Aufwachens in dem Sterbezimmer an vorgehabt hatte, mir die einzelnen Gesichter meiner Leidensgefährten anzuschauen, meinen Kopf hatte ich schon ein wenig heben und also meine Augen auf mein Gegenüber richten können. Hatte ich bis jetzt immer nur die über den Kopfenden der Betten angeschraubten schwarzen Tafeln mit den Namen und mit dem Alter der Patienten in Augenschein nehmen können, so war mir auf einmal ein kurzer Blick auf das Gesicht in dem Gitterbett vor mir gelungen:

ein eingefallener Kahlkopf war durch den offenen Mund an einem Gummischlauch mit einem rötlichen Sauerstoffpolster verbunden. Jetzt war mir klar, die Schwester, die alle Augenblicke an das Gitterbett getreten war, hatte das immer wieder nur zu dem Zwecke getan, den Schlauch, der von dem immer wieder rutschenden Sauerstoffpolster von Zeit zu Zeit aus dem Mund des Kahlkopfes herausgezogen und dadurch vollkommen sinnlos geworden war, wieder in den Mund und also in den Kahlkopf hineinzustecken. Das fortwährende, Tag und Nacht andauernde, immer weniger und doch immer wieder ziehende Geräusch aus dem Gitterbett vor mir hatte seine Erklärung gefunden. An den wie die Wangen eingefallenen Schläfen des Kahlkopfes hatten sich in der von dem Sauerstoffpolster rhythmisch bewegten Luft kleine weiße Härchen bewegt. Da das Gitterbett seitlich zu dem meinigen aufgestellt war, hatte ich nicht eruieren können, was auf seiner Personalientafel stand. Es war nicht zu bestimmen, wie alt der an dem Sauerstoffpolster ziehende Mann war, er hatte die Grenze, unter welcher ein Lebensalter noch abzulesen ist, längst überschritten gehabt. Es muß die nachmittägige Besuchsstunde gewesen sein, in welcher der Mann an dem Sauerstoffpolster gestorben ist. Ich erinnere mich genau: meine Mutter hatte sich gerade neben mich auf den Sessel gesetzt und mir eine Orange geschält und zerkleinert. Während sie die einzelnen Orangenspalten sorgfältig auf eine Serviette auf meinem Leintuch legte, damit sie für sie und also auch für mich leicht erreichbar waren, ich selbst hatte noch nicht einmal die Kraft, eine Hand zu heben, und meine Mutter mir nacheinander die Orangenspalten in meinen Mund steckte, hatte der Mann im Gitterbett plötzlich aufgehört, an seinem Sauerstoffpolster zu ziehen. Darauf hatte er so lange ausgeatmet, wie ich noch nie einen Menschen ausatmen gehört hatte. Ich bat meine Mutter, sich nicht umzudrehen. Ich hatte ihr den Anblick des in diesem Augenblick Gestorbenen ersparen wollen. Sie hatte nicht aufgehört, mir von den Orangenspalten zu geben. Sie hatte sich nicht umgedreht und nicht gesehen, wie der Mann von der Schwester zugedeckt worden war. Das Zudecken der Verstorbenen geschah immer so: die Schwester zog ganz einfach, am Fußende des Bettes stehend, das Leintuch unter dem Toten heraus und deckte damit den Toten zu. Aus ihrer Tasche nahm sie ein Bündel mit kleinen numerierten Kärtchen an kurzen Schnüren heraus. Eines dieser Kärtchen befestigte sie mit der Schnur an einer großen Zehe des Toten. Diesen Vorgang, daß der gerade Gestorbene auf diese Weise zugedeckt und für die Prosektur numeriert wird, hatte ich jetzt zum erstenmal am Beispiel dieses Mannes im Gitterbett gesehen. Jeder Gestorbene wurde auf die gleiche Weise zugedeckt und numeriert. Die Vorschrift verlangte, daß der Verstorbene drei Stunden in seinem Totenbett liegen mußte und daß er erst dann von den Männern der Prosektur abgeholt werden durfte. Zu meiner Zeit aber genügten, weil jedes Bett gebraucht wurde, zwei Stunden. Zwei Stunden hatte der Tote, mit seinem Leintuch zugedeckt, auf einem Kärtchen an einer großen Zehe für die Prosektur numeriert, im Zimmer zu liegen, wenn er nicht, weil vorauszusehen gewesen war, daß er in kurzer Zeit starb, im Badezimmer gestorben war. Ein im Krankensaal und also im Sterbezimmer Verstorbener hatte immer nur ein paar Minuten Betroffenheit unter den Sterbezeugen hervorgerufen, nicht mehr. Manchmal war ein solcher Tod mitten unter uns vollkommen unauffällig vorbeigegangen und hatte niemanden und nichts mehr gestört. Auch die Prosekturmänner, die mit ihrem Zinkblechsarg, ich kann ruhig sagen, alle Augenblicke in das Sterbezimmer hereintrampelten, rohe, starke Männer in den Zwanzigern und Dreißigern, und bei dieser Gelegenheit schon auf dem Gang und erst recht im Sterbezimmer viel Lärm verursacht hatten, waren mir schon bald zur Gewohnheit geworden. Wenn den Schwestern ein Sterbender mit seinem Sterben zuvorgekommen war, wie der Mann im Gitterbett, war es ihnen nur selbstverständlich gewesen, daß sie kurz darauf den Krankenhausgeistlichen hereinholten, damit er, wenn schon nicht mehr an dem noch Lebenden, so doch an dem schon Toten die Letzte Ölung vollziehen konnte. Zu diesem Zwecke hatte der mit den größten Atembeschwerden in das Sterbezimmer gerufene, von viel zuviel Essen und Trinken aufgedunsene Geistliche einen kleinen, schwarzen, silberbeschlagenen Koffer bei sich, den er sofort, nachdem er hereingekommen war, auf dem von den Schwestern mit unglaublicher Geschwindigkeit freigemachten Nachtkästchen des gerade Gestorbenen abstellte. Der Geistliche brauchte nur an zwei Seitenknöpfen des Koffers zu drücken, und der Koffer öffnete sich, indem der Deckel emporschnellte. Im Emporschnellen des Deckels waren automatisch zwei Kerzenleuchter mit Kerzen und ein Christuskreuz aus Silber in senkrechte Stellung gebracht. Jetzt wurden die Kerzen von den Schwestern angezündet, und der Geistliche konnte mit seinem Zeremoniell beginnen. Kein Toter hat ohne diesen geistlichen Beistand das Sterbezimmer verlassen dürfen, darauf haben die Schwestern, Vinzentinerinnen, wie auf nichts sonst geachtet. Aber solche außertourlichen Letzten Ölungen im Sterbezimmer waren selten. Es gehörte zum Tagesablauf, daß gegen fünf Uhr in der Früh und gegen acht Uhr am Abend der Geistliche automatisch mit seinem Sakramentenkoffer erschien, um sich bei den Schwestern nach jenen zu erkundigen, für welche der Zeitpunkt der Letzten Ölung gekommen war. Die Schwestern deuteten dann auf diesen oder jenen, und der Geistliche waltete, wie gesagt wird, seines Amtes. An manchen Tagen waren auf diese Weise bis zu vier oder fünf Zimmergenossen der Letzten Ölung teilhaftig geworden. Sie alle hatten nicht lange darauf *das Zeitliche gesegnet.* Aber immer wieder einmal hatten sich die Schwestern verrechnet, und es war ihnen einer ohne die Letzte Öltung weggestorben, die aber dann sofort bei der ersten Gelegenheit an dem Toten pflichteifrigst nachgeholt wurde. Tatsächlich haben die Schwestern auf die zu verabreichende Letzte Ölung immer und unter allen Umständen eine größere Aufmerksamkeit gelegt als auf alles andere. Das ist nicht gegen ihre ununterbrochen und fast immer auch bis an die äußerste Grenze der Selbstaufopferung gegangene tagtägliche Leistung gesagt, aber die Wahrheit. Das Auftreten und noch viel mehr das eigentliche

Geschäft des Krankenhausgeistlichen hatte mich vom ersten Augenblick an so abgestoßen, daß ich seine Auftritte als eine pervers katholische Schmierendarstellung kaum ertragen konnte. Aber auch diese Auftritte waren bald nurmehr noch eine Gewohnheit und wie alles andere Abstoßende und Schreckliche in diesem Sterbezimmer kaum mehr erregende, ja nicht einmal mehr irritierende Alltäglichkeit geworden. Der Tagesablauf im Sterbezimmer, von meinem Eckbettplatz aus betrachtet, war vorgeschrieben folgender: gegen halb vier Uhr früh war, noch von der Nachtschwester, das Licht aufgedreht worden. Jedem einzelnen Patienten, ob er bei Bewußtsein war oder nicht, wurde daraufhin von der Nachtschwester aus einem mit Dutzenden von Fieberthermometern angefüllten Einsiedeglas ein solches Fieberthermometer zugesteckt. Nach dem Einsammeln der Fieberthermometer hatte die Nachtschwester Dienstschluß, und die Tagschwestern kamen mit Waschschüsseln und Handtüchern herein. Der Reihe nach wurden die Patienten gewaschen, nur ein oder zwei hatten aufstehen und zum Waschbekken gehen und sich selbst waschen können. Wegen der großen Jännerkälte war das einzige Fenster im Sterbezimmer die ganze Nacht und dann bis in den späteren Vormittag nicht und erst knapp vor der Visite aufgemacht worden, und so war der Sauerstoff schon in der Nacht längst verbraucht und die Luft stinkend und schwer. Das Fenster war mit dickem Dunst beschlagen, und der Geruch von den vielen Körpern und von den Mauern und den Medikamenten machte in der Frühe das Ein- und Ausatmen zur Qual. Jeder Patient hatte seinen eigenen Geruch, und alle zusammen entwickelten einen solchen aus Schweiß- und Medikamentendunst zusammengesetzten, zu Husten- und Erstickungsanfällen reizenden. So war, wenn die Tagschwestern auftauchten, das Sterbezimmer auf einmal eine einzige abstoßende Gestank- und Jammerstätte, in welcher die während der Nacht zugedeckten und niedergehaltenen Leiden plötzlich wieder in ihrer ganzen erschreckenden und bösartigen Häßlichkeit und Rücksichtslosigkeit aufgedeckt und ans Licht gebracht waren. Allein diese Tatsache hätte genügt, um schon in aller Frühe wieder in tiefste Verzweiflung zu stürzen. Aber ich hatte mir vorgenommen, alles in diesem Sterbezimmer, also auch alles mir noch Bevorstehende, auszuhalten, um aus diesem Sterbezimmer wieder herauszukommen, und so hatte ich mit der Zeit einen mich ganz einfach von einem bestimmten Zeitpunkt an nicht mehr schädigenden, sondern belehrenden Mechanismus der Wahrnehmung in dem Sterbezimmer entwickelt. Ich durfte mich von den Objekten meiner Betrachtungen und Beobachtungen nicht mehr verletzen lassen. Ich mußte in meinen Betrachtungen und Beobachtungen davon ausgehen, daß auch das Fürchterlichste und das Entsetzlichste und das Abstoßendste und das Häßlichste das Selbstverständliche ist, wodurch ich überhaupt diesen Zustand hatte ertragen können. Daß, was ich hier zu sehen bekommen hatte, nichts anderes als ein vollkommen natürlicher Ablauf als Zustand war. Diese Ereignisse und Geschehnisse, rücksichtslos und erbarmungslos wie keine andern in meinem bisherigen Leben, waren auch, wie alles andere, die logische Konsequenz der von dem menschlichen Geist allerdings immer fahrlässig und gemein und heuchlerisch abgedrängten und schließlich vollkommen *ver*drängten Natur gewesen. Ich durfte hier, in diesem Sterbezimmer, nicht verzweifeln, ich mußte ganz einfach die hier wie möglicherweise an keinem anderen Ort ganz brutal offengelegte Natur auf mich wirken lassen. Unter Einsetzung des Verstandes, zu welchem ich plötzlich, nach ein paar Tagen, wieder befähigt gewesen war, hatte ich die Selbstverletzung durch Beobachtung auf ein Minimum einschränken können. Ich war an das Zusammenleben mit Menschen bei Tag und Nacht gewöhnt gewesen, denn ich war in die Schule des Internats in der Schrannengasse gegangen, in eine der, wie ich glaube, härtesten Menschenschulen, aber was ich hier in dem Sterbezimmer zu sehen bekam, mußte alles in dieser Beziehung Vorausgegangene aufheben. Der Achtzehnjährige, der ich damals war, war von den Ursachen seiner Krankheit und dann von dieser Krankheit selbst direkt in den Schauplatz des Schreckens gestoßen worden. Sein Abenteuer war mißglückt, ich war zu Boden geworfen, in das Eckbett im Sterbezimmer des Landeskrankenhauses, in dem Bewußtsein, in die tiefste Tiefe der menschlichen Existenz gestürzt zu sein als Folge meiner Selbstüberschätzung. Ich hatte geglaubt, eine mich befriedigende und dann gar mich glücklich machende Existenz erzwingen zu können. Jetzt hatte ich wieder alles verloren. Aber ich hatte den Tiefstpunkt schon überwunden, ich war schon wieder aus dem Badezimmer heraußen, ich hatte die Letzte Ölung hinter mir, es war schon wieder alles auf der Seite des Optimismus. Ich war schon wieder auf dem Beobachterposten. Ich hatte schon wieder meine Pläne im Kopf. Ich dachte schon wieder an die Musik.

Ich hörte schon wieder Musik in meinem Eckbett, Mozart, Schubert, ich hatte schon wieder die Fähigkeit, aus mir heraus die Musik zu hören, ganze Sätze. Ich konnte die in meinem Eckbett aus mir heraus gehörte Musik zu einem, wenn nicht zu *dem* wichtigsten Mittel meines Heilungsprozesses machen. Beinahe war schon alles in mir abgestorben gewesen, jetzt hatte ich das Glück zu beobachten, daß es nicht tot, sondern wieder entwicklungsfähig war. Ich hatte mich nur darauf besinnen müssen, alles schon beinahe Abgestorbene wieder in Gang zu setzen. So, auf der Tatsache, daß ich aus mir heraus wieder meine Lebensmöglichkeiten hatte entwickeln können, Musik zu hören, Gedichte rekapitulieren, Großvatersätze interpretieren konnte, war es mir möglich gewesen, das Sterbezimmer selbst und die Vorgänge im Sterbezimmer unverletzt zu betrachten und zu beobachten. Auch hatte in mir schon wieder *der kritische Verstand* zu arbeiten angefangen, das Gleichgewicht der Zusammenhänge, die mir verlorengegangen waren, wieder herzustellen. So konnte ich den Tagesablauf im Sterbezimmer auf einmal schon wieder mit der dazu notwendigen Ruhe beobachten und mir die daraus resultierenden Gedanken machen. Mein Körper war von meiner Krankheit noch niedergedrückt, mein körperlicher Schwächezustand noch immer unverändert, mein Körper zu keiner Bewegung imstande, wenn ich davon absehe, daß ich meinen Kopf tatsächlich schon ein wenig hatte heben und drehen können, was mir doch immerhin schon ermöglichte, die Größe des Sterbezimmers wenigstens annähernd zu erfassen, was mir, wenn ich zu den Punktionen abgeholt wurde, niemals gelungen war, denn in der Anstrengung und in dem fast totalen Erschöpfungszustand, in welchem ich mich jedesmal während des Transports vom Sterbezimmer in die Ambulanz befunden hatte, war es mir unmöglich gewesen, überhaupt etwas zu sehen, bei dieser Gelegenheit hatte ich auch immer, um nichts sehen zu müssen, fest die Augen zugemacht. Mein Körper also war von meiner Krankheit noch niedergedrückt gewesen, aber mein Geist und, was vielleicht noch wichtiger gewesen war, meine Seele nicht. Nach dem Waschen der Patienten, das über zwei Stunden in Anspruch nahm, erschien irgendwann, zwischen fünf und sechs, der Geistliche mit seinem Sakramentenkoffer, um die Letzte Ölung zu geben. Er kam jeden Tag in das Sterbezimmer, und ich kann mich nicht erinnern, daß er einmal keine Letzte Ölung gegeben hätte. Es waren noch nicht einmal alle Patienten gewaschen, und schon hatte sich der Geistliche an einem Bett festgebetet und bekreuzigt und den in dem Bett Liegenden gesalbt. Eine der Schwestern assistierte ihm. Nach dem Waschen war immer eine gewisse Beruhigung festzustellen. Die Waschprozedur hatte alle ziemlich erschöpft, und da lagen sie jetzt in ihren Betten und warteten auf das Frühstück. Die wenigsten hatten überhaupt ein Frühstück zu sich nehmen können, und die anderen waren dabei auf die Hilfe der Schwestern angewiesen. Es durfte nicht viel Zeit verloren gehen, wenn mir die Schwester mein Frühstück eingab. Nachdem ich in den ersten Tagen sozusagen künstlich ernährt worden war wie die meisten anderen und, so die Ärztesprache, an eine Traubenzuckerinfusion angehängt gewesen war, konnte mir jetzt schon das Normalfrühstück aus Kaffee und Semmeln eingegeben und eingeflößt werden. Alle Patienten waren ausnahmslos an Infusionen angehängt, und da aus der Entfernung die Schläuche wie Schnüre ausschauten, hatte ich immer den Eindruck, die in ihren Betten liegenden Patienten seien an Schnüren hängende, in diesen Betten liegengelassene Marionetten, die zum Großteil überhaupt nicht mehr, und wenn, dann nur noch selten, bewegt wurden. Aber diese Schläuche, die mir immer wie Marionettenschnüre vorgekommen sind, waren für die an diesen Schnüren und also Schläuchen Hängenden meistens nurmehr noch die einzige Lebensverbindung. Wenn einer käme und die Schnüre und also Schläuche abschnitte, hatte ich sehr oft gedacht, wären die daran Hängenden im Augenblick tot. Das Ganze hatte viel mehr, als ich mir zuzugeben gewillt gewesen war, mit dem Theater zu tun und war auch Theater, wenn auch ein schreckliches und erbärmliches. Ein Marionettentheater, das, einerseits nach einem genau ausgeklügelten System, andererseits immer wieder auch vollkommen, wie mir vorgekommen war, willkürlich von den Ärzten und Schwestern bewegt worden ist. Der Vorhang in diesem Theater, in diesem Marionettentheater auf der anderen Seite des Mönchsberges, ist allerdings immer offen gewesen. Die ich im Sterbezimmer auf diesem Marionettentheater zu sehen bekommen hatte, waren allerdings alte, zum Großteil uralte, längst aus der Mode gekommene, wertlose, ja unverschämt vollkommen abgenützte Marionetten, an welchen hier im Sterbezimmer nurmehr noch widerwillig gezogen worden ist und die nach kurzer Zeit auf den Mist geworfen und verscharrt oder verbrannt worden sind. Ganz natürlich hatte ich hier den Eindruck von Marionetten haben müssen, nicht von Menschen, und gedacht, daß alle Menschen eines Tages zu Marionetten werden müssen und auf den Mist geworfen und eingescharrt oder verbrannt werden, ihre Existenz mag davor wo und wann und wie lang auch immer auf diesem Marionettentheater, das die Welt ist, verlaufen sein. Mit Menschen hatten diese an ihren Schläuchen wie an Schnüren hängenden Figuren nichts mehr zu tun. Da lagen sie, ob sie nun in ihren Rollen einmal gut oder schlecht geführt worden waren, wertlos, nicht einmal mehr als Requisiten verwendbar. Zwischen Frühstück und Visite hatte ich meistens ungestört Zeit für meine Beobachtungen. Kamen die Prosekturmänner mit ihrem Zinkblechsarg, hatte ich immer denken müssen, sie räumen den Fundus aus. Die Visite hatte sich tatsächlich nur mit mir beschäftigt, die anderen interessierten nicht, die anderen betreffend, hatte es keine Diskussion mehr gegeben, die Ärzte, hinter ihnen die Schwestern, waren, wie mir schien, schon vollkommen interesselos den ganzen Krankensaal abgeschritten, bevor sie schließlich vor meinem Bett und vor meiner Person Halt machten. Kann sein, daß es sie irritierte, daß ich, aus welchem Grund immer, in dem Sterbezimmer lag, aber sie änderten diesen Zustand nicht. Warum auch. Die Umstände hatten mich in dieses Zimmer, in diesen Saal, in das Sterbezimmer hereingebracht, ich war nicht gestorben, ich war übriggeblieben, da lag ich, ein Sonderfall, der ihre Aufmerksamkeit auf sich ziehen mußte. Ich hatte aber von Anfang an den Eindruck, daß es sie, vornehmlich die Ärzte, irritierte, daß ich, als junger Mensch, hier in dem wahrscheinlich schon immer den Alten und nicht nur den Alten und Ältesten, sondern den Sterbenden vorbehaltenen Zimmer ganz einfach länger, viel länger als üblich gelegen war. Wenn ich, was wahrscheinlich gewesen war, am ersten oder zweiten Tag gestorben wäre, niemandem wäre dabei etwas aufgefallen, sehr richtig wäre ich darinnen untergebracht gewesen, wo ein Sterbender untergebracht gehörte, im Sterbezimmer, und es wäre ganz gleich gewesen, ob jung oder alt, aber jetzt war ich auch für die Ärzte schon über dem Berg und war hier im Sterbezimmer, das muß ihnen zu denken gegeben haben. Sie verlegten mich aber nicht, sie ließen mich, wo ich war. Sie hatten nur ihre Anstrengungen, meinen Heilungsprozeß zu beschleunigen, verstärkt und mich Tag und Nacht an Infusionen angehängt, von welchen ich nicht mehr weiß, was sie bezweckten, und mir schließlich die doppelte oder dreifache Menge von Medikamenten verabreicht und mir nach und nach mit Hunderten von Injektionen meine schließlich schon ganz unempfindlichen Arme und Beine zerstochen. Von den Ärzten war soviel wie nichts zu erfahren gewesen, und die Schwestern waren von einer unbestechlichen Schweigsamkeit. Gegen zehn Uhr war ich immer zur Punktion abgeholt worden. Auch der Gang war in seiner ganzen Länge voller Betten gewesen, eine Anfang Jänner ausgebrochene und gegen Mitte Jänner auf ihrem Höhepunkt angelangte Grippeepidemie hatte die Krankenhausleitung gezwungen, diesen und, wie ich von meinem Großvater erfahren hatte, auch alle anderen Gänge mit Betten und Tragbahren vollzustopfen, und es war tatsächlich ein Glücksfall gewesen, daß ich selbst nicht auf einem solchen Gang, sondern in einem Zimmer mein Bett haben konnte und überhaupt ein Bett hatte. Viele waren gar nicht mehr aufgenommen worden in dem tatsächlich Hunderte fassenden Gebäudekomplex, der aber natürlich auch für die in den letzten Jahren beinahe um das Doppelte angewachsene Bevölkerungszahl der Stadt längst zu klein geworden war. Schließlich hatten für die chirurgische und für die gynäkologische Abteilung sogar Baracken aufgestellt werden müssen. In einer dieser Baracken, so hatte ich von ihm erfahren, war mein Großvater untergebracht gewesen. Er war jetzt schon über eine Woche im Krankenhaus, und die Untersuchungen, denen er sich in dieser Zeit hatte unterziehen müssen, hatten noch kein Ergebnis gebracht. Möglicherweise sei das Ganze, so er, ein falscher Alarm gewesen, und er könne in der kürzesten Zeit wieder nach Hause gehen. Er fühle sich überhaupt nicht krank. Der Verdacht des Arztes werde sich wahrscheinlich als unbegründet herausstellen. Er rechne nur mit ein paar weiteren Tagen Krankenhausaufenthalt. Ihm selbst war der Gedanke gekommen, ob nicht die Tatsache, daß er das Krankenhaus aufgesucht habe, für mich den neuerlichen Ausbruch meiner schon, so er, längst vergessenen Krankheit bedeutet habe, diese Möglichkeit, so er, sei nicht auszuschließen, ein Zusammenhang zwischen seiner und meiner Krankheit bestehe in jedem Fall, das Traurige an der Sache sei nur, daß nicht er, sondern ich auf einmal durch dieses unglückliche Verhältnis beider Krankheiten zueinander in die Katastrophe gestürzt sei. Es sei nicht sicher gewesen, vertraute er mir in dem Moment an, in welchem er wußte, daß diese Eröffnung mich nicht mehr schädigen konnte, ob ich davonkommen würde. Das sei ihm bekannt gewesen, daß mich die Schwestern schon in das Badezimmer abgeschoben gehabt hatten, weil sie der Meinung gewesen waren, ich sei am Ende. Aber er habe nicht einen Augenblick an meinem Wiederaufkommen zweifeln müssen. Die Tatsache, daß mir der Geistliche, der ihm vom ersten Augenblick an, so wie mir, widerwärtig gewesen war, die Letzte Ölung erteilt hatte, war ihm entsetzlich gewesen. Geistliche der Art wie der Krankenhausgeistliche, die nichts anderes sind als ganz gemeine Ausnützer der Kirche und ihrer Opfer, in Katholizismus reisende Agenten, die sich in fortgeschrittenerem Alter vor allem in größeren Krankenhäusern, weil es ihnen hier abwechslungsreicher und einträglicher erscheint als woanders, festsetzen und ihre Geschäfte machen, verabscheute er zutiefst. Für meine weitere Entwicklung und vor allem Geistesausrichtung sei der Aufenthalt in dem Sterbezimmer, nun einmal Tatsache, von durch nichts sonst zu erreichendem Wert. Die Bezeichnung *Sterbezimmer* für den seiner Meinung nach architektonisch ebenmäßigen, dem ganzen, so er, herrlichen Gebäude Fischer von Erlachs entsprechenden Krankensaal gefiel ihm. Er schätzte mich richtig ein, indem er mir während seiner Besuche nichts vormachte, sich nicht die geringste Menschlichkeitsheuchelei mir gegenüber gestattete und auch in seiner Ablenkungskunst niemals die Grenze zur Lüge überschritt. Der Primarius, seiner Meinung nach ein vorzüglicher, intelligenter, nicht nur oberflächlich gebildeter Mann, mit welchem er sich über mich und meine Lage recht gut unterhalten habe können, glaube, daß meine Krankheit in wenigen Wochen, er habe nicht gesagt, in zwei, drei Wochen, *in wenigen Wochen* also abklingen werde. Noch bildete sich nach jeder an mir vorgenommenen Punktion neuerlich und immer noch in einer zu Besorgnis Anlaß gebenden Geschwindigkeit in meinem Brustkorb die gelbgraue Flüssigkeit, die noch einige Zeit alle Tage abgelassen werden müsse, aber auch dieser Vorgang sei schon im Abklingen. Ich müsse aber, unabhängig von geistigem und seelischem Aufschwung, wie mein Großvater es nannte, mit noch bedeutend größerer Körperschwäche als jetzt rechnen, es werde körperlich noch eine Zeitlang bergab gehen. Einerseits sei ich über den Berg, was nicht zuletzt auf meine kraftvoll-positive innere Einstellung gegen diese meine ganze nun einmal hereingebrochene Katastrophe zurückzuführen sei, und man sehe mir ja auch an, daß es bergauf gehe, andererseits habe die Körperschwäche noch nicht ihren Tiefstpunkt erreicht. Aber die Seele und der Geist beherrschen den Körper, so mein Großvater. Der geschwächteste Körper kann von einem starken Geist oder von einer starken Seele oder von diesen beiden zusammen gerettet werden, so er. Erst jetzt hatte ich nun die Unsinnigkeit eingestanden, die schon im Herbst ausgebrochene Krankheit gegen ihre Entwicklung und gegen ihre Natur ignoriert zu haben. Aber eine Krankheit zu ignorieren, nicht zur Kenntnis zu nehmen, obwohl sie ihr Recht verlangt, heißt, gegen die Natur vorgehen, und muß scheitern. Ich hatte dem Großvater zu verstehen gegeben, was es mir bedeutet hatte, in seinem Zimmer zu liegen und die Gegenstände in seinem Zimmer zu betrachten. Er werde mich nach Hause bringen und mir aus jenen Büchern in seinem Zimmer vorlesen, die ich liebte. Das hatten wir vereinbart. Er werde öfter und intensiver als bisher mit mir auf den Mönchsberg spazierengehen, auf den Kapuzinerberg, den er liebte, nach Hellbrunn hinaus, in die Salzachauen. Er denke daran, seinen Beitrag für meine Musikstunden bei den Keldorferischen zu erhöhen. Er selbst hatte davon gesprochen, daß die Musik meine Rettung sei. Er wollte mir Partituren einiger Schubertsymphonien kaufen. Auch eine schöne Ausgabe des Eichendorffschen Taugenichts, die ich mir wünschte. Aber zuallererst herauskommen aus dieser Hölle, hatte er gesagt. Diese Umgebung ziehe den Gesunden in die Fürchterlichkeit hinunter, geschweige denn den Kranken. Er teile sein Barackenzimmer auf der Ersten chirurgischen Abteilung mit einem um zwei Jahre jüngeren Magistratsbeamten, der eine, wie er glaube, gelungene, aber nicht näher bezeichnete Operation hinter sich habe und ihn nicht im geringsten irritiere. Naturgemäß sei er über die Mitteilung, daß auch ich jetzt in dem Krankenhaus liege, erschrocken gewesen, und die ersten Tage, während welchen ich, wie er sich ausdrückte, beinahe die Lebensgrenze überschritten hätte, seien die schlimmsten seines Lebens gewesen, er habe aber, wie gesagt, nicht einen Augenblick daran gedacht, daß ich sterben könnte. Er hatte von Anfang an die Möglichkeit gehabt, wann er wollte, von seinem Bett aufzustehen und aus seinem Zimmer hinauszugehen an die frische Luft. Nach und nach habe er die ganze Krankenhausanlage kennengelernt, sei nacheinander in alle Abteilungen hineingegangen und habe auch die Krankenhauskirche aufgesucht, an welcher er in den letzten Jahren auf seinen Spaziergängen so oft vorbeigegangen sei. Wenn ich so weit sei, werde er mir die in der Kirche hängenden Gemälde von Rottmayr zeigen, die ihn beeindruckt hätten. Er hatte an einem der ersten Nachmittage seines Krankenhausaufenthaltes einem, wie er sagte, ausgezeichneten Orgelspieler zugehört und während dieser Orgelmusik sich Gedanken über meine Zukunft gemacht. Dieser Krankenhausaufenthalt sei ihm urplötzlich, gar nicht im medizinischen, sondern in einem existentiellen Sinne, als eine unumgängliche Notwendigkeit erschienen, er sei hier im Krankenhaus, in dem, so er, zu lebenswichtigen und existenzentscheidenden Gedanken geradezu herausfordernden Leidensbezirk zu einem grundlegenden Überdenken seiner und auch meiner Situation gekommen. Von Zeit zu Zeit seien solche Krankheiten, tatsächliche oder nicht, wie er sich ausdrückte, notwendig, um sich jene Gedanken machen zu können, zu welchen der Mensch ohne eine solche zeitweise Krankheit nicht komme. Wenn wir nicht auf die natürlichste Weise und also von der Natur aus ganz einfach dazu gezwungen sind, in solche Denkbezirke, wie sie zweifellos solche Krankenhäuser und überhaupt Spitäler im allgemeinen sind, zu gehen, müssen wir auf die künstliche Weise solche Krankenhäuser und Spitäler aufsuchen, auch wenn wir solche uns in Krankenhäuser und überhaupt Spitäler hineinzwingende Krankheiten in uns erst finden oder erfinden oder gar künstlich erzeugen müssen, so er, weil wir sonst nicht in der Lage sind, auf das lebenswichtige und existenzentscheidende Denken zu kommen. Es müssen nicht Krankenhäuser sein, die uns ein solches Denken ermöglichen, es können auch Gefängnisse sein, sagte er, vielleicht auch Klöster. Aber Gefängnisse und Klöster, so seine Fortsetzung, sind nichts anderes als Krankenhäuser und Spitäler. Er halte sich, indem er sich in dem Krankenhaus aufhalte, zweifellos in einem ihm auf einmal lebensnotwendig erscheinenden Denkbezirk auf. Zu keinem anderen Zeitpunkt sei ein solcher Aufenthalt für ihn von einer derartigen Wirksamkeit gewesen. Jetzt, da ich über den Berg sei, hätte ich selbst auch die Möglichkeit, den Krankenhausaufenthalt als Aufenthalt in einem Denkbezirk zu betrachten und diesen Aufenthalt entsprechend auszunützen. Aber er habe keine Bedenken, daß ich selbst nicht längst diesen Gedanken gehabt habe und schon darangegangen sei, diese Möglichkeit auszunützen. Der Kranke ist der Hellsichtige, keinem anderen ist das Weltbild klarer. Wenn er die *Hölle,* so hatte er fortan das Krankenhaus bezeichnet, verlassen habe, seien die Schwierigkeiten, die es ihm in letzter Zeit unmöglich gemacht hätten zu arbeiten, beseitigt. Der Künstler, insbesondere der Schriftsteller, hatte ich von ihm gehört, sei geradezu verpflichtet, von Zeit zu Zeit ein Krankenhaus aufzusuchen, gleich, ob dieses Krankenhaus nun ein Krankenhaus sei oder ein Gefängnis oder ein Kloster. Es sei das eine unbedingte Voraussetzung. Der Künstler, insbesondere der Schriftsteller, der nicht von Zeit zu Zeit ein Krankenhaus aufsuche, also einen solchen lebensentscheidenden existenznotwendigen Denkbezirk aufsuche, verliere sich mit der Zeit in die Wertlosigkeit, weil er sich in der Oberflächlichkeit verheddere. Dieses Krankenhaus, so mein Großvater, kann ein künstlich geschaffenes Krankenhaus sein, und die Krankheit oder die Krankheiten, die diesen Krankenhausaufenthalt ermöglichen, können durchaus künstliche Krankheiten sein, aber sie müssen da sein oder müssen erzeugt und müssen immer unter allen Umständen in gewissen Abständen erzeugt werden. Der Künstler oder der Schriftsteller, der sich um diese Tatsache herumdrücke, gleich, aus was für einem Grund, sei von vornherein zur absoluten Wertlosigkeit verurteilt. Wenn wir auf die natürliche Weise krank werden und ein solches Krankenhaus aufsuchen müssen, können wir von Glück reden, so mein Großvater. Aber, so weiter, wir wissen nicht, ob wir tatsächlich auf die natürliche Weise in das Krankenhaus hereingekommen sind oder nicht. Es kann sein, daß wir nur glauben, auf die natürliche, ja auf die natürlichste Weise hereingekommen zu sein, während wir doch nur auf die künstliche, möglicherweise auf die künstlichste Weise hereingekommen sind. Aber das ist gleichgültig. Wir haben dann, so mein Großvater weiter, auf jeden Fall den Berechtigungsausweis für den Denkbezirk. Und in diesem Denkbezirk ist es uns möglich, zu dem Bewußtsein zu kommen, das uns außerhalb dieses Denkbezirkes unmöglich ist. In diesem Denkbezirk erreichen wir, was wir außerhalb niemals erreichen können, das Selbstbewußtsein und das Bewußtsein alles dessen, das ist. Es könne sein, so mein Großvater, daß er seine Krankheit erfunden habe, um in den Denkbezirk des Bewußtseins, so seine Bezeichnung, hineinzukommen. Möglicherweise hätte auch ich zu demselben Zweck meine Krankheit erfunden. Es spiele aber keine Rolle, ob es sich um eine erfundene oder um eine tatsächliche Krankheit handle, wenn sie nur dieselbe Wirkung hervorrufe. Schließlich sei jede erfundene Krankheit eine tatsächliche. Wir wissen nie, haben wir eine erfundene oder eine tatsächliche Krankheit. Wir können aus allen möglichen Gründen eine Krankheit haben oder erfinden und dann auch haben, weil wir immer eine tatsächliche Krankheit erfinden, die wir tatsächlich haben. Es wäre durchaus möglich, daß es überhaupt nur erfundene Krankheiten gibt, so mein Großvater, die als tatsächliche Krankheiten erscheinen, weil sie die Wirkung von tatsächlichen Krankheiten haben. Es sei die Frage, ob es überhaupt tatsächliche Krankheiten gebe, ob nicht alle Krankheiten erfundene Krankheiten seien, weil die Krankheit an sich eine Erfindung sei. Wir könnten auch ruhig sagen, daß wir unsere beiden Krankheiten für unsere Zwecke, die möglicherweise und wahrscheinlich denselben Zweck verfolgten, erfunden hätten. Und es sei unmaßgeblich, ob er zuerst die seine und erst dann ich die meine erfunden habe oder umgekehrt. Wir hielten uns jetzt, indem wir uns in dem Krankenhaus aufhielten, nicht möglicherweise, sondern ganz sicher in dem für uns beide lebensrettenden Denkbezirk auf, so er. Es war klar, daß er, was er jetzt gesagt hatte, wieder nur als eine Spekulation bezeichnete. Ich hatte dieser Spekulation ohne weiteres folgen können. Mein Genesungsprozeß war fortgeschritten. Jetzt hatte ich den Beweis. Die Visite war mir immer nur eine vorgezogene Totenbeschau gewesen. Sie hatte sich an jedem Tage gegen halb elf oder elf mehr oder weniger wortlos vollzogen, die Ärzte hatten, weil es sich für sie ja bereits um Tote handelte, an welchen sie offensichtlich teilnahmslos vorbeigehen mußten, an diesen Patienten ihre Kunst überhaupt nicht mehr angewendet, alles an ihnen war hier nichts mehr als die gewohnte und letzten Endes schon zur kalten Routine gewordene Passivität in gebündelten Ärztekitteln vor dem hier alles beherrschenden Tode gewesen, sie hatten auf mich den Eindruck gemacht, als hätten sie mit diesen in ihren Eisenbetten verlorenen Menschen, die zwar für die Ärzte schon tot, für mich aber noch immer, und zwar in der erbarmungswürdigsten Weise und unter den qualvollsten, erniedrigendsten Umständen existiert haben, nichts mehr zu tun gehabt, eine lästige Prozedur hatten sie hier in dem sogenannten Sterbezimmer absolvieren müssen. Diese alten Menschen im Sterbezimmer durften, so mußte ich, wenn ich die Ärzte bei der Visite beobachtete, denken, unter keinen Umständen mehr in das Leben zurück, sie waren schon abgeschrieben und schon aus der Menschengesellschaft abgemeldet, und als hätten die Ärzte die Verpflichtung gehabt, das um keinen Preis zu verhindern, entzogen sie in jeder ihrer Handlungen diesen nurmehr noch auf sie, die Ärzte, angewiesenen erbärmlichen Menschen im Sterbezimmer durch Untätigkeit und Gefühls- und Geisteskälte das Leben. Die Medikamente, die hier in dem Sterbezimmer von den Ärzten verschrieben worden waren, waren keine Heilungsmittel, es waren im Grunde nichts mehr als nur Sterbemittel, die das Sterben und den Tod dieser Patienten in jedem Falle beschleunigten, wie auch die Infusionsflaschen über den Köpfen dieser Patienten nichts anderes als nur gläserne Todesbeschleuniger waren, die einen Heilungswillen dokumentieren und, wie ich schon einmal gesagt habe, auf theatralische Weise tatsächlich darstellen sollten, aber in Wahrheit nichts anderes waren als die gläsernen Markierungen des gekommenen Lebensendes. Eine durch das Verhalten der Gesellschaft wahrscheinlich gerechtfertigte Verlegenheitslösung war diese Visite immer gewesen, die täglich die Ärzte, an jedem Freitag an ihrer Spitze auch den Primarius, in das Sterbezimmer geführt hatte. Die Schwestern mochten auch bei dieser Gelegenheit nichts anderes im Kopf gehabt haben als das Platzproblem, und es hatte den Anschein, als warteten sie nur darauf, daß sich die Betten leerten. Ihre Gesichter waren so abgehärtet wie ihre Hände, und es war in ihnen kein, nicht das geringste Gefühl mehr zu entdecken gewesen. Sie hatten hier schon Jahrzehnte ihre Arbeit gemacht und waren nurmehr noch exakt funktionierende Krankenversorgungsmaschinen im Vinzentinerinnenkittel. Es war ihnen anzusehen, daß sie über ihren Zustand verbittert und dadurch noch unzugänglicher für das, was die Seele genannt wird, waren. Sie konnten überhaupt keine Seelenbeziehung mehr haben, weil sie das, was sie ununterbrochen als ihre wichtigste Aufgabe anzuschauen hatten, die Rettung der Seele, in Gemeinschaft mit der Kirche und hier, im Krankenhaus, in Gemeinschaft mit dem Krankenhauspfarrer tatsächlich nurmehr noch als gedankenloses Geschäft betrieben. An diesen Schwestern ist alles nurmehr noch mechanisch gewesen, wie eine Maschine arbeitet, die sich in ihrer Tätigkeit an ihren eingebauten Mechanismus und an sonst nichts zu halten hat. Die Visite hatte mir jedesmal die in Weiß daherkommende Machtlosigkeit der Medizin gezeigt. Ihr Auftritt hatte immer nur Eiseskälte und mit dieser Eiseskälte die Zweifel an ihrer Kunst und an ihrem Recht hinterlassen. Einzig und allein vor meinem Bett waren sie aus der Fassung geraten, weil sie es, immer wieder unvermutet und urplötzlich, jetzt hier im Sterbezimmer mit einem Lebenden und mit keinem Toten zu tun hatten. Hier waren sie, wenn auch nur untereinander, gesprächig und diskussionsbereit, wenn sie mir da auch immer unverständlich geblieben sind. Es war niemals möglich gewesen, mit ihnen einen tatsächlichen Kontakt aufzunehmen. Jeder Versuch in dieser Richtung war von ihnen gleich durch ein rüdes Zurück- und Zurechtweisen meiner Person abgebrochen worden. Sie wollten sich der Außenwelt, wie es den Anschein hatte, um keinen Preis, nicht einmal um den Preis einer ganz einfachen, ganz kurzen Unterhaltung, um den Preis eines auch nur angedeuteten Übermuts öffnen. Sie waren immer nur die an jedem Tage auf einmal und mit der gleichen Rücksichtslosigkeit vor meinem Bett aufgestellte weiße Mauer geblieben, in welcher kein menschlicher Zug zu entdecken war. Dem Jüngling waren die Ärzte immer als Schreckensbotschafter erschienen, an die ihn seine Krankheiten erbarmungslos ausgeliefert hatten. Er hatte zu den Ärzten immer nur eine Schreckensbeziehung haben können. Sie waren ihm niemals und in keinem Augenblick vertrauenerweckend gewesen. Alle Menschen, die er gekannt und geliebt hat und die zu einem bestimmten Zeitpunkt einmal kranke Menschen gewesen waren, sind an dem entscheidenden Punkt ihrer Krankheit von den Ärzten im Stich gelassen worden und, wie er sich später sagen hatte müssen, beinahe immer aus grober und unverantwortlicher Fahrlässigkeit. Immer wieder war er mit der Unmenschlichkeit der Ärzte konfrontiert, von ihrem übersteigerten Hochmut und mit ihrem geradezu perversen Geltungsbedürfnis vor den Kopf gestoßen gewesen. Vielleicht war er in seiner Kindheit und Jugend immer nur an solche abstoßenden und letzten Endes lebensgefährlichen Ärzte geraten, denn Tatsache ist, daß nicht alle Ärzte abstoßend und lebensgefährlich sind, wie die spätere Erfahrung gezeigt hat. Daß er, wie ihm doch immer vorgekommen war, gegen alle diese leichtfertig die Medizin und also ihr sogenanntes *heiliges Gewerbe* betreibenden Ärzte schließlich immer wieder gesund geworden war, dankte er seiner alles in allem immer wieder in hohem Grade widerstandsfähigen Natur. Möglicherweise waren es gerade die vielen Krankheiten, die er im Laufe seiner Kindheit und Jugend gehabt hatte, die ihm das Überleben immer wieder zu garantieren schienen. Seine eigene Willenskraft war es jedenfalls in einem viel größeren Maße, die ihn diese Krankheiten überstehen und aus diesen Krankheiten alles in allem ziemlich unbeschädigt hatte hervorgehen lassen, als die Kunst der Ärzte. Unter hundert sogenannten Ärzten findet sich selten ein wirklicher Arzt, so gesehen, sind die Kranken in jedem Falle immer eine zum Siechtum und zum Tode verurteilte Gesellschaft. Entweder sind die Ärzte größenwahnsinnig oder hilflos, in jedem Falle schaden sie den Kranken, wenn diese nicht selbst die Initiative ergreifen. Die Regel bestätigt die Ausnahmen. Mein Großvater hatte wohl mit meinem Primarius sprechen, sich, wie er mir gesagt hatte, sogar gut mit ihm unterhalten können, aber mit mir hatte der Primarius überhaupt nicht sprechen können und sich mit mir auch nicht ein einziges Mal unterhalten, obwohl es nicht an Versuchen von meiner Seite gefehlt hatte von dem Augenblick an, in welchem ich zu einer solchen gewünschten Unterhaltung befähigt gewesen war. Ich hatte ununterbrochen den Wunsch gehabt, mit meinen Ärzten zu sprechen, aber ausnahmslos haben sie niemals mit mir gesprochen, nicht die geringste Unterhaltung mit mir geführt. Meine Natur verlangte immer schon nach Erklärung, besser noch, Aufklärung, und ich wäre vor allem, was meine Ärzte betrifft, für Erklärung und Aufklärung dankbar gewesen. Mit den Ärzten war aber nicht zu sprechen gewesen. Sie haben sich in die Unbequemlichkeit einer Unterhaltung mit mir von vornherein nicht eingelassen. Immer hatte ich das Gefühl, daß sie vor Erklärung und Aufklärung Angst hatten. Und es ist ja Tatsache, daß die Kranken, die den Ärzten ausgeliefert sind in den Krankenhäusern, niemals mit Ärzten in Kontakt, geschweige denn zu Erklärung und Aufklärung kommen. Die Ärzte schirmen sich ab, errichten die, wenn nicht natürliche, so doch künstliche Mauer der Ungewißheit zwischen den Patienten und sich. Die Ärzte sind ununterbrochen hinter dieser von ihnen als Mauer aufgerichteten Ungewißheit verschanzt. Ja sie operieren mit der Ungewißheit. Wahrscheinlich sind sie sich ihrer eigenen Unfähigkeit und also Machtlosigkeit bewußt und wissen, daß der Patient allein die Initiative zu ergreifen hat, will er seinen Krankheitszustand eindämmen oder aus seinem Krankheitszustand wieder herauskommen. Die wenigsten Ärzte geben zu, daß sie beinahe nichts wissen und ebenso beinahe nichts tun können. Die Ärzte, die hier im Sterbezimmer Visite machten, hatten ihre Patienten niemals aufgeklärt und hatten alle diese Patienten im Stich gelassen. Im medizinischen und im moralischen Sinn. Ihre Medizin war naturgemäß machtlos, ihre Moral wäre ihnen ein zu hoher Einsatz gewesen. Hier notiere ich, was im Kopf des Jünglings vorgegangen ist, der ich damals gewesen bin, nichts weiter. Später mag alles in einem anderen Licht erschienen sein, damals nicht. Damals hatte ich diese Gefühle, nicht die heutigen, damals hatte ich diese Gedanken, nicht die heutigen, damals hatte ich diese Existenz, nicht die heutige. Nach der Visite, ein Vorgang, der nur ein paar Minuten in Anspruch genommen hatte, waren die Patienten, die während der Visite wenigstens den Versuch gemacht hatten, sich in ihren Betten aufzurichten, was ihnen aber nur auf die hilfloseste Weise geglückt war, wieder in ihre Betten zurückgesunken, so auch ich. Ich fragte mich jedesmal, was habe ich jetzt wieder erlebt, was habe ich jetzt wieder gesehen? Und die Antwort war immer dieselbe: die Hilflosigkeit und die Stumpfsinnigkeit von Ärzten, die eine vollkommen in das Geschäft degradierte Auffassung von der Medizin haben und die sich in keinem Augenblick dieser erschütternden Tatsache schämen. Am Ende der Visite, wenn sie schon wieder an der Tür angekommen waren, hatten sich alle, auch die Schwestern, immer noch einmal umgedreht und sich dem der Tür gegenüberliegenden Bett zugewendet. In diesem Bett lag ein von chronischem Rheumatismus an allen seinen Gliedern, aber vor allem an Händen und Füßen vollkommen verkrümmter Gastwirt aus Hofgastein, der angeblich schon über ein Jahr lang in diesem Bett gelegen war und von welchem seit einem Jahr der Tod stündlich erwartet wurde. Dieser Gastwirt, auf drei, vier Polstern in seinem Bett hoch aufgerichtet, hatte jedesmal, wenn die Ärzteschaft und die Schwestern am Ende der Visite an der Tür angekommen waren, mit dem rechten Zeigefinger auf seine Stirn getippt, worauf die Ärzteschaft und die Schwestern regelmäßig in ein lautes Gelächter ausgebrochen waren, das mir viele Tage unverständlich gewesen war, weil ich die Ursache noch nicht kannte. Sie hatten jedesmal am Ende der Visite über den grausamen Scherz des Gastwirtes auflachen müssen. War ihr Gelächter ausgelacht, war die Visite vorbei. Der Gastwirt aus Hofgastein, ein vollkommen abgemagertes und dadurch auf groteske Weise in die Länge gezogenes Skelett, auf welchem die gelbe Haut nur noch notdürftig und auch dadurch wiederum auf groteske Weise klebte, war nicht wegen dieser rheumatischen Verkrüppelung im Krankenhaus, sondern wegen einer chronischen Nierenentzündung. Seit über einem Jahr hatte der Gastwirt zweimal wöchentlich an eine sogenannte künstliche Niere angeschlossen werden müssen, immer auch an dem Tag, an welchem ich punktiert wurde. Er hatte, denke ich, ein zähes Herz, und solange sein Witz nicht abstarb, war auch er nicht abgestorben, nicht tot, wahrscheinlich lebte er länger, als es den Ärzten und Schwestern recht war. Wenn sie schon nicht durch seinen Tod von ihm und von der durch ihn verursachten tagtäglichen Belastung befreit wurden, so durften sie sich wenigstens an seinem immer wiederkehrenden Witz mit dem rechten Zeigefinger erfreuen, der an keinem Tage, in welchem ich im Sterbezimmer gewesen war, seine Wirkung verfehlt hatte. Von diesem Gastwirt aus Hofgastein ist später noch einmal die Rede. Die Visite, der Höhepunkt an jedem Tag, war gleichzeitig immer die größte Enttäuschung gewesen. Kurz darauf kam das Mittagessen. Die Schwestern hatten nur drei oder vier Portionen auszuteilen, denn nur drei oder vier Patienten waren imstande, das Mittagessen einzunehmen, die übrigen waren mit heißem Tee oder heißem Obstwasser in Kürze abgefertigt. Ein mir in den ersten Tagen nach meiner Bewußtlosigkeit als dick und schwer aufgefallener Mann, von welchem ich nie ein Wort gehört hatte und der in der Zwischenzeit so wie alle andern bis auf die Knochen abgemagert war, hatte immer nur eine große Schüssel voll Äpfel zum Essen bekommen, und ich erinnere mich noch genau, wie der Mann, beinahe bewegungslos, jedesmal nach und nach die ganzen Äpfel auf dieser Obstschüssel aufgegessen hat, und zwar um abzuwassern. Von seiner schwarzen Personalientafel hatte ich schon bald, nachdem ich wieder bei Bewußtsein gewesen war, das Wort GENERAL ablesen können, das unter seinen, wie ich mich erinnere, ungarischen Namen in Großbuchstaben geschrieben war. Lange Zeit hatte ich meine Aufmerksamkeit nur auf dieses eine Wort GENERAL gerichtet und mich gefragt, ob, was ich die ganze Zeit als GENERAL von der Tafel heruntergelesen hatte, auch wirklich das Wort GENERAL gewesen war. Ich hatte mich nicht verlesen, der Mann war tatsächlich ein ungarischer General gewesen, ein Flüchtling wie Hunderttausende und Millionen andere auch, den es, wer weiß woher, bei Kriegsende nach Salzburg verschlagen hatte. Es war mir unvorstellbar gewesen, mit einem wirklichen General, der bei näherer Betrachtung auch noch genauso ausschaute wie ein General, in einem Zimmer zu sein. Der General hatte nicht ein einziges Mal Besuch bekommen, was darauf schließen ließ, daß er überhaupt keinen Menschen mehr hatte. An einem Nachmittag, an welchem ein plötzliches Schneetreiben das Sterbezimmer beinahe vollkommen verfinstert hatte, war er auf einmal tot gewesen. Der Krankenhauspfarrer hatte ihm, nachdem er schon tot gewesen war, die Letzte Ölung gegeben. Die Prosekturmänner hatten einen stark abgemagerten Körper aus seinem Bett gehoben und in den Zinksarg hineingelegt, nicht ohne daß seine Knochen derart hart darin aufgeschlagen waren, daß es sogar die bis dahin schlafenden Patienten aufgeweckt hatte. Es war kaum zu glauben, daß es sich bei dem Toten um denselben Mann handelte, der noch zwei, drei Wochen vorher so dick gewesen war. Die Prosekturmänner waren mit dem Leichnam des Generals genauso verfahren wie mit allen anderen, die Arbeiter und Bauern, Beamte und, wie gesagt, ein Gastwirt gewesen waren und sicher alle sogenannte einfache Menschen. Es hatte, insofern sie seinen Tod überhaupt wahrgenommen hatten, bei allen sicher zur Nachdenklichkeit führen müssen, auf welche Weise unter ihnen ein wirklicher General verstorben war, wie auch mich diese Tatsache nachdenklich gemacht hatte. Das Auffallendste an diesem Menschen, der es, wer weiß unter welchen Umständen, zum General gebracht hatte, war seine Lautlosigkeit, nicht Schweigsamkeit, sondern absolute Lautlosigkeit gewesen, niemand hatte jemals etwas von ihm gehört, und er war auch niemals von irgendeinem Menschen angesprochen worden, und wenn die Schwestern oder die Ärzte etwas zu ihm gesagt hatten, so hatte er nichts erwidert. Möglicherweise hatte er auch nichts mehr verstanden. Kaum war er tot und abtransportiert, war das Wort GENERAL auch schon von der Tafel gewischt, und ein paar Stunden, nachdem er sich in dem Bett, das ich so oft und so intensiv beobachtet hatte, aus der Welt entfernt hatte, hatte er einen Nachfolger. Auf das Wort GENERAL war das Wort LANDWIRT gefolgt, das seit einiger Zeit im Sprachgebrauch dieses Landes das Wort Bauer ersetzte. Neben diesem Bett war nur eine einzige Nacht ein sogenannter Marktfahrer aus Mattighofen gelegen. Der Mann war, was zu meiner Zeit überhaupt niemals außer in diesem einen Fall vorgekommen war, zu Fuß in das Sterbezimmer hereingekommen und von der Nachtschwester, die gerade ihren Dienst angetreten hatte, in das Bett eingewiesen worden. Er hatte sein Kleiderbündel unter dem Arm und hatte alles eher, nur keinen kranken Eindruck gemacht. Offensichtlich war er gerade von der sogenannten *Aufnahme* gekommen und hatte die erste Untersuchung im Krankenhaus hinter sich. Der Gastwirt aus Hofgastein, zwei Betten weiter, hatte sich sofort für ihn interessiert und ihm, dem unkundigen Neuen, Anweisungen für sein hier notwendiges und erwünschtes Verhalten gegeben, die beiden hatten sich sofort verstanden, waren vom gleichen Schlage gewesen und hatten denselben Sprachgebrauch. Der Marktfahrer war so spät in das Krankenhaus und in das Sterbezimmer hereingekommen, daß er nicht einmal mehr ein Nachtmahl erhielt, auf welches er Lust gehabt hatte. Kaum war er in seinem Bett, hatte die Nachtschwester das Licht ausgedreht, und wahrscheinlich war der Neuangekommene auch urplötzlich erschöpft gewesen, denn von diesem Moment an hatte ich nichts mehr von ihm gehört, während er gerade noch davon gesprochen hatte, daß er nicht wisse, warum er jetzt auf einmal hier sei. In der Früh hatte er es in seinem Bett nicht mehr ausgehalten und war, noch bevor er dazu aufgefordert worden war, aufgestanden und, wie mir schien, völlig unmotiviert auf den Gang hinausgegangen. Diese Augenblicke der Abwesenheit des Marktfahrers aus Mattighofen hatte der Gastwirt aus Hofgastein dazu benützt, sich nach der Krankheit des Marktfahrers zu erkundigen. Der Gastwirt ergriff die auf dem Nachtkästchen neben seinem Bett abgelegte Fiebertabelle des Marktfahrers und tat so, als studierte er sie. Mit einem tiefen Seufzer, in welchem Entsetzen und eine bis zur Schadenfreude hinaufgesteigerte Infamie gewesen waren, legte der Gastwirt die Fiebertabelle, auf welcher die Krankheit des Marktfahrers in Stichwörtern verzeichnet gewesen war, wieder auf dem Nachtkästchen ab. Als der Marktfahrer, wahrscheinlich auf Anordnung der jetzt schon dienstmachenden Tagschwester, wieder in das Sterbezimmer hereingekommen war, hatte ihn der Gastwirt aus Hofgastein, wie wenn er jetzt alles über den Marktfahrer in Erfahrung gebracht hätte, mit einem gleichzeitig bösartigen und schadenfrohen Schweigen empfangen und ihn dann heuchlerisch gefragt, ob er eine gute Nacht gehabt habe. Tatsächlich war gerade diese Nacht eine der wenigen ruhigen ohne auffallende Zwischenfälle gewesen, und der Marktfahrer meinte, eine gute. Daraufhin erzählte er dem Gastwirt einen Traum, den er, der Marktfahrer, in der Nacht geträumt habe, wovon ich aber nichts verstand. Jetzt werde er sich waschen, sagte der Marktfahrer, und er schlüpfte aus dem Nachthemd und trat an das Waschbecken. Eine Zeitlang beobachtete ich die Umständlichkeit, mit welcher sich der Marktfahrer wusch, dann interessierte mich offensichtlich der Vorgang nicht mehr, und ich hatte nicht mehr hingeschaut. Plötzlich hörte ich ein entsetzliches Geräusch, und ich schaute augenblicklich zum Waschbecken hin. Der Marktfahrer war tot über dem Waschbecken zusammengebrochen, und sein Kopf war an der Kante des Waschbeckens aufgeschlagen. Da ich mich augenblicklich nach dem Waschbecken umgedreht hatte, war noch Folgendes zu sehen gewesen: der Körper des Marktfahrers zog den Kopf des Marktfahrers aus dem Waschbecken heraus und ließ ihn hart auf dem Fußboden aufschlagen. Der Marktfahrer war, während er sich gewaschen hatte, vom Schlag getroffen worden. Der Gastwirt hatte jetzt seinen Triumph. Er berichtete, daß er den Tod des Marktfahrers schon vorausgesehen habe, nachdem er einen Blick auf die Fiebertabelle des Marktfahrers geworfen hatte. Der Gastwirt aus Hofgastein hatte mit hocherhobenem Kopf und mit weit auf seinem Leintuch ausgestreckten Armen und mit so weit als möglich gespreizten Fingern die Bergung und den Abtransport des Marktfahrers aus Mattighofen beobachtet. Ich selbst war über diese Szene erschrocken gewesen und sehe sie immer wieder. Es war das erstemal gewesen, daß ich einen Menschen, der gerade noch geredet hatte und noch dazu auf die unbeschwerteste Weise geredet hatte, plötzlich tot vor mir liegen gesehen habe. Dieser war der einzige gewesen, den ich im Sterbezimmer erlebt habe, der seinen unmittelbar bevorstehenden Tod überhaupt nicht vorausgesehen hatte. Der Gastwirt aus Hofgastein mußte ihn, den Marktfahrer aus Mattighofen, um diesen so anschaulich und so urplötzlich abrupt vorgeführten Sterbevorgang beneidet haben. Jeder, der den Marktfahrer aus Mattighofen vor uns unmittelbar nach seinem Tode gesehen hatte, mußte ihm seinen Tod geneidet haben. Die Wachen hatten dem Marktfahrer seinen Tod sicher geneidet, die andern hatten ihn gar nicht wahrgenommen. Den Schwestern und den Ärzten war der Marktfahrer, bevor er noch in ihre Leidens- und Qualmaschine hineingeraten war, entkommen. Es hatte sich gar nicht ausgezahlt, daß sie ihm ein Bett hergerichtet und eine Fiebertabelle angelegt hatten, mochten die

Schwestern gedacht haben. Nichts neiden die mit Sicherheit Sterbenden mehr als einen solchen glücklichen *Tod ohne Sterben.* Es war in der Natur des Marktfahrers aus Mattighofen gelegen, daß er auf diese Weise gestorben war, hatte ich gedacht, als sie ihn abholten. Dieser Mensch hatte keinen anderen Tod haben können. Ich selbst hatte mich dabei ertappt, daß ich dem Marktfahrer seinen Tod neidete, weil ich mir nicht sicher sein konnte, einmal auf diese plötzliche, vollkommen schmerzfreie Weise von einem Augenblick auf den andern in die Vergangenheit entkommen, vorbei zu sein. Schließlich wird den wenigsten ein Tod ohne Sterben zuteil. Wir sterben von dem Augenblick an, in welchem wir geboren werden, aber wir sagen erst, wir sterben, wenn wir am Ende dieses Prozesses angekommen sind, und manchmal zieht sich dieses Ende noch eine fürchterlich lange Zeit hinaus. Wir bezeichnen als Sterben die Endphase unseres lebenslänglichen Sterbeprozesses. Wir verweigern schließlich die Bezahlung der Rechnung, wenn wir uns um das Sterben herumdrücken wollen. Wir denken an Selbstmord, wenn wir uns die Rechnung, die uns eines Tages präsentiert wird, vor Augen halten, und suchen dabei in ganz gemeinen und niedrigen Gedanken Zuflucht. Wir vergessen, daß das, was uns betrifft, ein Glücksspiel ist, und enden dadurch in Verbitterung. Nichts als die Hoffnungslosigkeit ist uns am Ende offen. Das Resultat ist das Sterbezimmer, in welchem gestorben wird, endgültig. Alles ist nichts als Betrug gewesen. Unser ganzes Leben, wenn wir es genau nehmen, nichts als ein schäbiger, schließlich vollkommen abgerissener Veranstaltungskalender. Davon freilich wußte der Marktfahrer aus Mattighofen nichts, aber möglicherweise der Gastwirt aus Hofgastein. Der Gedanke ist ein absurder. Einen ehemaligen Geldbriefträger aus Oberösterreich hatte ich auf die folgende Weise sterben gesehen: mehrere Tage in einem der beiden den sogenannten Renitenten vorbehaltenen Gitterbetten vor mir, und zwar in dem fensterseitigen, völlig zusammengekrümmt liegend, hatte der kleine Mann mit seinem weißen Haarschopf niemals etwas gesagt, und ich weiß nicht, ob er nicht (oder nicht mehr) reden konnte oder nicht wollte. Er hatte seinen Körper, nachdem er in sein Bett gelegt worden war, auf die linke, mir zugewandte Seite gedreht und war dann in dieser Stellung geblieben. Ich beobachtete, wenn ich ihn anschaute, einen kleinen knabenhaften Kopf, in welchem sich nurmehr der Mund bewegte, der Geldbriefträger hatte auf nichts mehr reagiert, und wenn er gewaschen wurde, hatte er die ganze, bei ihm nur oberflächlich vorgenommene Prozedur in der allerkürzesten Zeit über sich ergehen lassen. Er hatte auch, wie ich mich erinnere, keine Nahrung mehr zu sich genommen. Wenn er Besuch bekommen hatte, war dieser Besuch angehalten gewesen, sich auf das Kürzeste zu fassen, die Besucher hatten auf ihn eingeredet, aber keinerlei Antwort mehr erhalten. Es war für mich keine Frage, der Mann mußte jeden Augenblick sterben, manchmal war es mir, als wäre er bereits tot, daß ich also seinen letzten Atemzug übersehen hatte, aber dann hatte ich, durch den Blick auf seinen Mund, durch welchen er atmete, die Gewißheit, daß er noch lebte. In die Gitterbetten sind nur Männer gekommen, von welchen man erwartete, daß sie nur noch die allerkürzeste Zeit lebten, man rechnete bei ihnen nur noch mit Stunden, höchstens Tagen. Der Geldbriefträger, seine Profession hatte der immer am besten informierte verkrüppelte Gastwirt aus Hofgastein ausgeplaudert, war auch so klein wie ein Knabe gewesen, alles an ihm war, obwohl in hohem Alter, knabenhaft gewesen, der volle Haarschopf auf seinem Kopf war sicher noch der gleiche Haarschopf, den er mit siebzehn oder achtzehn Jahren gehabt hatte, er war nur, vielleicht urplötzlich, über Nacht einmal, wahrscheinlich in der Lebensmitte, weiß geworden. Ich denke, der Geldbriefträger ist weit über achtzig gewesen, und doch war alles an ihm knabenhaft. Wenn ich ihn beobachtete, hatte ich den Eindruck, er wolle nicht mehr auf der Welt sein und sie nicht mehr sehen, denn er machte seine Augen nicht mehr auf, und seine Körperstellung, die ununterbrochen angespannte äußerste Zusammenkrümmung seines Körpers, deutete auch darauf hin, daß er ununterbrochen den Versuch machte, sich am Ende seines Lebens vollkommen zu verkrümmen und auf diese Weise nicht mehr in die Welt zurückkehren zu müssen. Wenn im Badezimmer Platz gewesen wäre, hätten die Schwestern ihn längst aus dem sogenannten Sterbezimmer hinaus- und ins Badezimmer hineingeschoben, aber wahrscheinlich war das Badezimmer besetzt und daher der Geldbriefträger im Sterbezimmer geblieben. Die Visite hatte immer nur einen kurzen Blick auf seinen Körper im Gitterbett geworfen, die Ärzte hatten im Grunde mit ihm (wie mit den meisten anderen in diesem Zimmer) nichts mehr zu tun gehabt, es hatte sie jedesmal, waren sie in das Sterbezimmer hereingekommen, irritiert, so meine Feststellung, daß der Geldbriefträger noch da gewesen war. Durch das Fenster herein war das Tageslicht genau auf seinen Haarschopf und auf sein Gesicht gefallen. Ich war, wenn ich den Kopf und das Gesicht in dem Kopf beobachtete, an das Atmen eines Fisches erinnert. Jahrzehntelang war dieser Mensch auf der Erdoberfläche tagaus, tagein umhergelaufen, ruhelos, wahrscheinlich, so mein Gedanke, wenn ich ihn betrachtete, in guter Stimmung. Ich hatte das Gefühl, daß der Geldbriefträger das gewesen war, was als ein glücklicher Mensch bezeichnet wird. Er hatte ein normales, glückliches Leben geführt, das hatte ich auch an seinen Besuchern ablesen können, die nach und nach bei ihm erschienen waren, wie ich glaube, seine Frau, seine Kinder, seine Verwandtschaft, alles Leute aus dem oberösterreichischen Land. Plötzlich, nachdem dieser angedeutete, den Geldbriefträger betreffende Zustand tagelang angedauert hatte, war ich, mitten in der Nacht, aufgewacht. Der Geldbriefträger, der bis jetzt immer geschwiegen hatte, hatte auf einmal Schreie ausgestoßen und hatte sich urplötzlich aus seiner Verkrümmung herausgerissen und war in einem einzigen Satz und wie ein wildes Tier über das Gitter seines Bettes gesprungen und, wie ein wildes Tier um sich schlagend, an die Tür gestürzt. Dort war er, wie ich, nicht durch meinen Augenschein, denn die Tür hatte ich ja nicht sehen können, sondern durch den Lärm, den der ganze Vorfall verursacht hatte, festgestellt hatte, in den Armen der Nachtschwester tot zusammengebrochen. Den toten Geldbriefträger haben sie nicht mehr in das Gitterbett zurückgelegt, sondern gleich abtransportiert. Manchmal nehmen die Sterbenden in ihren letzten Augenblicken alle ihre Kräfte zusammen, um ihren Tod, der sie schon zu lange durch Nichteintreten gequält hat, gewaltsam herbeizuführen. Der Geldbriefträger ist dafür ein Beispiel. Die Ärzte und überhaupt die sogenannten Mediziner, zu welchen ja nicht nur die Ärzte zu zählen sind, mögen über alles, was hier notiert ist, den Kopf schütteln, aber hier wird auf das Kopfschütteln, gleich auf welcher Seite und mag sie sich als die kompetenteste ansehen, keinerlei Rücksicht genommen. Solche Notizen müssen auch in jedem Falle naturgemäß immer im Hinblick darauf gemacht werden, daß sie angefeindet und/oder verfolgt oder ganz einfach für die eines Verrückten gehalten werden. Den Schreiber hat eine solche Tatsache und eine solche noch so unsinnige Aussicht nicht zu irritieren, und er ist es vor allem gewohnt, daß, was er sagt und was er schreibt und was er bis jetzt schon alles im Laufe seines Lebens und Denkens und Fühlens aufgeschrieben hat, weil er, aus was für einem Grunde auch immer, dazu gezwungen gewesen war, angefeindet und verfolgt und für verrückt erklärt worden ist. Die Meinung, gleich welche, interessiert ihn nicht, wenn es sich für ihn um Tatsachen handelt. Er ist nicht und niemals bereit, anders zu handeln, anders zu denken und zu fühlen als aus sich selbst, wenn er sich naturgemäß auch in jedem Augenblick bewußt ist, daß alles, gleich was, nur Annäherung und nur ein Versuch sein kann. Es sind ihm und also auch dieser Schrift, wie allem und allen Schriften, Mängel, ja Fehler nachzuweisen, niemals jedoch eine Fälschung oder gar eine Verfälschung, denn er hat keinerlei Ursache, sich auch nur *eine* solche Fälschung oder Verfälschung zu gestatten. Im Vertrauen auf sein Gedächtnis und auf seinen Verstand, auf diese zusammen, wie ich glaube, verläßliche Basis gestützt, wird auch dieser Versuch, wird auch diese Annäherung an einen Gegenstand unternommen, welcher tatsächlich einer in dem höchsten Schwierigkeitsgrade ist. Aber er empfindet keinerlei Grund, diesen Versuch, weil er mangelhaft und fehlerhaft ist, aufzugeben. Gerade diese Mängel und Fehler gehören genauso zu dieser Schrift als Versuch und Annäherung wie das in ihr Notierte. Die Vollkommenheit ist für nichts möglich, geschweige denn für Geschriebenes und schon gar nicht für Notizen wie diese, die aus Tausenden und Abertausenden von Möglichkeitsfetzen von Erinnerung zusammengesetzt sind. Hier sind Bruchstücke mitgeteilt, aus welchen sich, wenn der Leser gewillt ist, ohne Weiteres ein Ganzes zusammensetzen läßt. Nicht mehr. Bruchstücke meiner Kindheit und Jugend, nicht mehr. Mein Hauptgedanke war gewesen, ob ich jemals wieder meine Gesangsstunden bei meiner Lehrerin in der Pfeifergasse aufnehmen würde können, denn ohne Gesang hatte ich, so glaubte ich, keine Zukunft mehr. Zweimal in der Woche hatte ich denken müssen, jetzt wäre ich in der Gesangsstunde oder jetzt unterrichtete mich der Professor Werner. Ich hatte nicht den Mut, einen Arzt zu fragen, ob meine Krankheit überhaupt meiner Zukunft als Sänger längst ein Ende gemacht habe, mein Großvater war der Überzeugung gewesen, die Krankheit bewirke nur eine vorübergehende, wenn auch monatelange Unterbrechung, ich selbst bezweifelte das, wenn ich daran dachte, in welchem tatsächlichen Zustand ich mich befand, vor allem, wenn ich genau fühlte, in wie große Mitleidenschaft mein Hauptinstrument, mein Brustkorb, gezogen war, ich hatte einen schon beinahe zur Gänze vernichteten und kaum zu den notwendigen Atemzügen befähigten Brustkorb, welcher mir nach wie vor die größten Schwierigkeiten machte, wenn ich mich nur im Bett umdrehte, die gelbgraue Flüssigkeit hatte sich auch nach zwei Wochen Krankenhausaufenthalt und also, wie mein Großvater gesagt hatte, *Spezialbehandlung* immer noch auf beängstigende Weise nach jeder Punktion unwahrscheinlich schnell zwischen Zwerchfell und Lunge gebildet, manchmal hatte ich den Eindruck, es sei überhaupt noch keinerlei Besserung meines Körperzustandes eingetreten, unabhängig davon, wie weit mein Geist und meine Seele schon in Aufwärtsentwicklung gewesen waren, der Körper war hinter ihnen zurückgeblieben, und er hatte pausenlos versucht, Geist und Seele zu sich zurück- und hinunterzuziehen, ich hatte ununterbrochen diesen Eindruck gehabt, aber ich wehrte mich dagegen mit allen mir zur Verfügung stehenden Mitteln. Den Satz meines Großvaters, daß der Geist den Körper bestimmt und nicht umgekehrt, mußte ich mir immer wieder vorsagen, manchmal hatte ich mir diesen Satz halblaut in meinem Bett vorgesagt, ihn stundenlang mechanisch wiederholt, um mich an diesem Satz aufzurichten. Aber bei dem Anblick des Gurkenglases in der Ambulanz waren alle meine Vorsätze und Bemühungen immer wieder zunichte gemacht. Der Transport in die Ambulanz bedeutete den totalen Absturz. Schon bevor ich zur Punktion abgeholt worden war, hatte ich diesen seelischen und geistigen Absturz vorausgesehen und mich davor gefürchtet. Ich war in allem auf Selbsthilfe angewiesen gewesen, unterstützt naturgemäß von der Nähe meines Großvaters, aber dieses System ist jedesmal schon auf dem Weg zur Punktion, schon auf dem langen Gang zunichte gemacht gewesen. Das Gurkenglas hatte mir, indem es sich nach und nach immer wieder bis auf die Hälfte anfüllte, meine tatsächliche Lage ganz deutlich gezeigt. Ich war zwar nicht mehr ohnmächtig geworden bei seinem Anblick, denn ich hatte mich an diesen Anblick längst gewöhnt, aber ich bin nach wie vor in dieser brutalen Prozedur völlig zerstört gewesen. Noch Stunden nach jeder Punktion war ich, unfähig zu der geringsten Bewegung, mit geschlossenen Augen in meinem Bett gelegen, kein Gedanke ist auch nur in Frage gekommen, und die Bilder in meinem Kopf sind in sich zerstört gewesen. Eine in sich vollkommen zertrümmerte Welt hatte ich in diesen Augenblicken anschauen und mich von dieser vollkommen zertrümmerten Welt wehrlos bis in das Zentrum meines Wesens hinein beschädigen lassen müssen. Ich sah mich, aufgewacht aus diesem meinem zerstörten und beinahe gänzlich vernichteten Wesen, dann sehr oft von zuhause oder aus dem Geschäft in der Scherzhauserfeldsiedlung weg in die Stadt laufen mit meinen Notenblättern unter dem Arm, durch das Neutor oder über die Lehener Brücke, je nachdem, die Salzach entlang in die Pfeifergasse zu der Keldorfer und oder zu ihrem Mann, dem Professor Werner, und also um die Musik wie um meine Zukunft laufen. Aber diese Bilder und die mit diesen Bildern zusammenhängenden Gedanken hatten nur immer wieder einen deprimierten Zustand in mir hergestellt, eine Hoffnungslosigkeit in mir hervorgerufen, aus welcher ich nicht mehr herauskommen würde können, so dachte ich. Alles in Hinblick auf meine Musik und auf meine Zukunft war jetzt auf einmal nichts mehr als nur Hoffnungslosigkeit und Sinnlosigkeit, einzig und allein mein Großvater hatte alles noch in einem anderen, optimistischen Licht gesehen, er glaubte an diese Musik und an die Zukunft. Und während er an meinem Bett gesessen war, hatte sein Optimismus auch die von ihm beabsichtigte Wirkung auf mich und auf mein ganzes Wesen gehabt, war er aber gegangen, verflüchtigte sich dieser Optimismus, und ich war wieder in meiner Sinnlosigkeit und in meiner Hoffnungslosigkeit allein. Er hatte eine Reihe von lungenkranken, ja schwer lungenkranken Sängern, ja sogar Wagnersängern ausfindig gemacht, die seinen Optimismus stützen mußten. Aber mein Körper sagte mir etwas ganz anderes. Meine Atemzüge waren die einer, wie mir vorgekommen war, vollkommen zerstörten Lunge gewesen, ein fürchterlicher Zerstörungsprozeß war jedesmal, wenn ich ein- oder ausatmete, deutlich erkennbar, ich hatte, wenn ich nur ein- oder ausatmete, und das ganz bewußt und ohne die geringste Gefühlsverfälschung, den Gegenbeweis dessen, wovon mich mein Großvater zu überzeugen versuchte, wenn er an meinem Bett gewesen war. Ich war erledigt. Zwischen zwölf und drei Uhr waren die Geschehnisse und Ereignisse im Sterbezimmer auf ein Minimum herunter- und zurückgenommen, und für gewöhnlich herrschte in dieser Zeit Ruhe, alles hatte sich jetzt auf die Besuchszeit konzentriert, in welcher das Sterbezimmer sozusagen zur Besichtigung für die Öffentlichkeit freigegeben war. Die Besucher hatten sich nur vorsichtig in das Sterbezimmer hereingetraut, was sie hier bei ihrem Eintreten zu sehen bekommen hatten, war nichts anderes als das bewußtlos oder schlafend oder schwer- und stoßweise Atemschöpfen einer Kategorie von Menschenleben, die ich mich ohne weiteres als die erbarmungswürdigste zu bezeichnen getraue. Was an Häßlichkeit und an Armseligkeit an den Patienten im Sterbezimmer zuzudecken gewesen war, war in der Besuchszeit zugedeckt, aber es hatte sich nicht vermeiden lassen, daß das Schreckliche gerade dadurch, daß es nur an manchen nicht zu verbergenden Stellen sichtbar wurde, einen umso tieferen Eindruck auf die Besucher machen mußte. Die Hereingekommenen waren in jedem Falle mit einer Elends- und Armseligkeitstatsache konfrontiert gewesen, von welcher sie vorher keine Vorstellung gehabt hatten, nicht einmal eine Ahnung. Und sie hatten ihre Besuche im Sterbezimmer auch immer als ein Höchstmaß an Überwindung und als bis an die Grenze ihrer Gefühlsleistungsfähigkeit gegenüber dem hier hereingekommenen Angehörigen oder Freund empfinden müssen. Die meisten hatten sich tatsächlich nur ein einzigesmal in das Sterbezimmer hereingetraut, waren, auch wenn der von ihnen Besuchte noch länger im Sterbezimmer gelegen war, nicht öfter und also nie mehr gekommen, sie hatten mit ihrem einmaligen Besuch ihre Schuldigkeit getan, ihr Opfer gebracht. Ich bin sicher, ein Besuch im Sterbezimmer hatte auf den Besucher eine lebenslängliche Wirkung. Dabei war das von dem Besucher Gesehene bei weitem nicht das an Fürchterlichkeit, was er außerhalb der Besuchszeit zu sehen bekommen hätte. Fast alle Besucher waren Landleute und hatten einen weiteren und beschwerlicheren Weg als die Stadtleute gehabt, die fast nicht gekommen waren. Der Städter ist im Abschieben seiner zum Tode verurteilten Alten und Kranken der brutalere. Er läßt sich ganz einfach nicht mehr blicken. Nun ist er, so sein Gedanke, den, der ihm so lange Zeit, so viele Monate oder so viele Jahre lästig gewesen ist, los, auch in dem dadurch entstandenen Gewissenskonflikt erscheint er ganz einfach nicht mehr, der, welcher ihm durch die Einlieferung in das Krankenhaus abgenommen worden ist, soll jetzt allein sein letztes, gleich wie fürchterliches Wegstück in den Tod gehen. Da standen sie, die Bauern und Arbeiter, und stellten ihre Blumen und Getränke und gebackenen Mehlspeisen auf den verschiedenen Nachtkästchen ab, völlig sinnlos, wie ihnen sofort zu Bewußtsein gekommen sein mußte, weil die Beschenkten damit überhaupt nichts mehr anfangen konnten, denn diese konnten die Blumen nicht mehr sehen und die Getränke nicht mehr trinken und die Mehlspeisen nicht mehr essen. Sie konnten zu einem Großteil ihren Besuch überhaupt nicht mehr sehen. Wenn die Besucher etwas in die Betten und auf die in den Betten Liegenden einredeten, mußte es ungehört bleiben, wenn Fragen gestellt wurden, blieben sie beinahe immer ohne Antwort. Es erforderte der Anstand oder die durch das Gesehene eingetretene Erschütterung oder die ganz natürliche Verlegenheit, daß die Besucher dann schweigsam, sich gegenseitig anblickend, an den Betten eine Zeitlang verharrten, bis sie sich umdrehten und das Sterbezimmer verließen. Alle diese Besucher hatten wahrscheinlich beim Hinausgehen nur einen einzigen Gedanken gehabt: daß ihr Besuch der letzte Besuch gewesen sei, was sich fast immer bestätigte. Mein Großvater war, wie versprochen, jeden Tag gekommen. Eines Tages war er ausgeblieben, und meine Mutter, die dann an seiner Stelle abwechselnd mit meiner Großmutter in der Besuchszeit bei mir gewesen war, hatte berichtet, der Großvater habe sich jetzt eingehenderer Untersuchungen zu unterziehen und könne sein Bett nicht mehr verlassen. Sie hatten Grüße ausgerichtet und daß es nur ein paar Tage dauern könne, dann komme er wieder. Tatsächlich war er nach zwei, drei Tagen wieder bei mir erschienen. Er schilderte sein Zusammenleben mit dem Magistratsbeamten und gab kaum eine seine Krankheit betreffende Erklärung ab. Am Ende, nachdem er schon aufgestanden war, hatte er gesagt, die Ärzte hätten herausgefunden, *was* es sei. Eine kleine Operation, hatte er gesagt, nicht der Rede wert. Sein Primarius sei ein guter Mann. Er habe die größte Lust zu arbeiten, sein Denken, seine Arbeit betreffend, sei auf einmal, wahrscheinlich durch diese Krankheit und den durch sie erzwungenen Krankenhausaufenthalt, wie noch niemals zuvor in Schwung gekommen. Ein paar Tage oder Wochen, dann sei er draußen, und auch ich sei so weit. Die gelbgraue Flüssigkeit in meinem Brustkorb war eines Tages endgültig abgesaugt gewesen und hatte sich nicht mehr gebildet. Ich hatte mich schon aufsetzen können im Bett, und ich hatte schon den Gedanken gehabt, aufzustehen. Für diesen ersten Steh-, möglicherweise auch schon Gehversuch hatte ich mir meinen Geburtstag vorgenommen. Mein Großvater ermutigte mich. Der Geburtstag sei die schönste Gelegenheit, wieder aufzustehen, einen Gehversuch zu machen. Unter seiner Mithilfe werde dieses Vorhaben ohne weiteres gelingen. Ich hatte in der Zwischenzeit, in diesen dreieinhalb Wochen Krankenhausaufenthalt, zweiundzwanzig Kilogramm abgenommen und alle Muskeln verloren. Ich war nurmehr noch Haut und Knochen gewesen. Der Podlaha, der mich in dieser dritten Woche besucht hatte, war über mein Aussehen erschrocken gewesen, er hatte es nur zwei Minuten an meinem Bett ausgehalten. Er hatte mir eine extragroße Flasche Orangensaft mitgebracht. Er hatte, wie er mir später gestand, nicht gedacht, daß ich tatsächlich davonkommen würde. Gerade an meinem Geburtstag aber hatte ich schon in der Früh einen Schwächeanfall, tatsächlich einen mehrere Tage andauernden Rückfall, vor meinen Augen war auf einmal wieder alles verschwommen gewesen, ich hörte schlecht, konnte, was ich sonst deutlich gesehen hatte, beinahe nicht mehr sehen, war außerstande gewesen, meine Hand zu heben. Meine Mutter, meine Großmutter, meine Geschwister waren erschienen und hatten sich vor meinem Bett aufgestellt und hatten immer wieder etwas zu mir gesagt, das ich aber nicht verstehen hatte können. Nach einiger Zeit waren sie gegangen. An diesem Tage hatten sie geglaubt, ich sei verloren. Ich hatte nach dem Großvater gefragt, aber keine Antwort erhalten. Vielleicht hatten sie aber auch gesagt, warum er, der mir versprochen hatte, an meinem Geburtstag zu kommen, dann doch nicht gekommen war. Es mußte ein schwerwiegender Grund gewesen sein. Auch mein Vormund und mein Onkel, der Bruder meiner Mutter, waren bei mir gewesen, ich sehe sie noch heute alle zusammen vor mir stehen, ihre schon im Anfang gescheiterten Versuche, Tatsachen und Wahrheiten zu verbergen, die ihnen entsetzlich gewesen waren. Auf einmal waren sie alle weg, ich war wieder allein. Es dauerte ein paar Tage, in welchen ich diesen kritischen Zustand überbrückte, und sie waren täglich gekommen und waren mir in ihrem Verhalten immer merkwürdiger erschienen, vollkommen anders, ich hatte mir naturgemäß die Ursache ihres merkwürdigen Verhaltens nicht erklären können. Ein paar Tage war auch meine Mutter nicht mehr gekommen, meine Großmutter erklärte die Abwesenheit meiner Mutter mit einer Erkältung. Abwechselnd waren meine Großmutter und mein Vormund gekommen. Ihre Besuche waren aber immer sehr kurz und ihre Verlegenheit, wenn ich nach dem Großvater fragte, war immer größer geworden. An einem Vormittag, zehn oder elf oder zwölf Tage nach dem letzten Besuch meines Großvaters bei mir, hatte ich, wie in den vergangenen Tagen schon öfter, eine mir von dem Gastwirt aus Hofgastein durch die Hand der Schwester zum Lesen gegebene Zeitung aufgeschlagen. Nachdem ich schon ein paar Seiten gelesen und umgeblättert hatte, entdeckte ich plötzlich das Bild meines Großvaters in der Zeitung. Offensichtlich handelte es sich um einen *Nachruf* über eine ganze Seite. Die Meinigen hatten mir auf Anraten der Ärzte vom Tod meines Großvaters, der schon fünf oder sechs Tage, bevor ich davon in der Zeitung las, gestorben war, keine Mitteilung machen dürfen. Im nachhinein mußte ich mir sagen, daß es besser gewesen wäre, sie hätten sich an diese Anordnung nicht gehalten. Jetzt war ich mit den letzten von meinem Großvater zu mir gesprochenen Sätzen und mit dem Bild, wie ich ihn zum letztenmal gesehen hatte, allein. Er habe sich die von mir gewünschten Klavierauszüge der *Zauberflöte* und der *Zaïde*, die ich liebte, und der *Neunten Symphonie* von Anton Bruckner notiert, das erste, wenn er aus dem Krankenhaus entlassen wäre, sei ein Gang in die Stadt in die von ihm bevorzugte Buchhandlung Höllrigl in der Sigmund-Haffner-Gasse, um diese Notenbücher zu erwerben und mir als Zeichen seiner Freude über meine Genesung zu schenken. Ein guter Kaufmann, zugleich ein guter, noch dazu ein berühmter, ja weltberühmter und noch dazu musikalisch-philosophisch geschulter Sänger zu sein, sei eine in sich so glückliche Sache wie keine zweite. Er habe nicht die geringsten Zweifel, daß ich, wenn ich nur wieder aus dem Krankenhaus, aus dieser entsetzlichen Antiheilungs-, ja Menschenvernichtungsmaschine, herausgekommen sei, mein gestecktes, auch von ihm innig gewünschtes Ziel erreichte. Er hatte mehrere Male das Wort *energisch* gesagt, wobei er diesem Wort *energisch* ein mehrmaliges kräftiges Aufdenbodenstoßen seines Stockes unterlegt hatte.

Dann, wenn wir beide wieder gesund sind, fahren wir nach Gastein und machen uns ein paar Wochen dort unter dem Getöse des Wasserfalls glücklich, hatte er gesagt. Darauf war er aufgestanden und hatte sich entfernt. An der Tür hatte er sich umgedreht und mir mit erhobenem Stock etwas zugerufen, das ich aber nicht verstanden hatte. Ich hatte nicht wissen können, daß dieses Bild das letzte von Tausenden und von Hunderttausenden von Bildern meiner Beziehung zu meinem Großvater war. Die Umstände seines Todes habe ich dann von den Meinigen, nachdem ich ein paar Tage, vollkommen unansprechbar und zu nichts mehr bereit war, wortlos in meinem Bett gelegen war, nach und nach erfahren. Naturgemäß waren sie selbst durch den letzten Endes völlig überraschenden Tod meines Großvaters und die anderen mit mir zusammenhängenden Geschehnisse und Ereignisse so in Mitleidenschaft gezogen, daß sie zuerst außerstande gewesen waren, mir einen Bericht über diese Umstände zu geben. Zuerst waren ihre ganze Aufmerksamkeit und ihre ganze Angst auf meinen Großvater und dann plötzlich auf mich und dann wieder auf meinen Großvater gerichtet gewesen, und sie waren während mehrerer Wochen aus diesem fortwährenden Angstzustand um meinen Großvater und um mich nicht herausgekommen, und sie hatten einmal denken müssen, mein Großvater stirbt, und dann wieder, ich, und so durch mehrere Wochen hin und her, und schließlich waren sie doch vom Tod meines Großvaters überrascht worden gerade zu einem Zeitpunkt, in welchem sie die Ärzte auch mich betreffend das Schlimmste hatten befürchten lassen, und sie mußten tatsächlich während dieser Wochen in einem unvorstellbaren Angstzustand existiert haben, und die Folge war gewesen, daß sie alle in gleichem Maße geschwächt, vorläufig jedenfalls nicht imstande gewesen waren, das, was geschehen war und was sich ereignet hatte, zu verstehen, sie hatten es, wehrlos und hilflos, bei den auf sie tatsächlich fürchterlich wirkenden Geschehnissen und Ereignissen bewenden lassen müssen. Und sie hatten sehr lange gebraucht, um zu begreifen. Meine Mutter hatte das Unglück zutiefst getroffen. Sie war tagelang überhaupt nicht mehr ansprechbar gewesen, und sie hatte mich in diesen Tagen auch nicht mehr aufgesucht, es war ihr nicht mehr möglich gewesen. Von meinem Vormund, ihrem Mann, hatte ich, wenigstens in Andeutung, Konkretes über den Tod meines Großvaters in Erfahrung gebracht. Der Zeitpunkt, in welchem seine Ärzte festgestellt hatten, was seine Krankheit gewesen war, war für eine Heilung zu spät gewesen. Die Vermutung des Internisten, der ihn in das Krankenhaus eingewiesen hatte, war durch das Ergebnis der Untersuchungen, welchen sich mein Großvater im Krankenhaus zu unterziehen gehabt hatte, bestätigt worden. Er hätte ein halbes Jahr vorher operiert werden müssen. Zu dem Zeitpunkt, in welchem er das Krankenhaus aufgesucht hatte, war, entgegen seinen Beteuerungen, daß ihm nichts fehle, schon sein ganzer Körper vergiftet gewesen, und er ist nicht, wie ich mehrere Tage geglaubt hatte, an einer überraschend an ihm vorgenommenen Operation, sondern an einer plötzlich, und zwar binnen weniger Tage zum Tode führenden vollkommenen Zersetzung und

Vergiftung des Blutes gestorben. Er war, so mein Vormund, bis zuletzt bei Bewußtsein gewesen. Er habe nur kurze Zeit unter Schmerzen zu leiden gehabt. Sein Tod sei gegen sechs Uhr in der Früh eingetreten, zu einem Zeitpunkt, als er mit meiner Großmutter allein in seinem Zimmer gewesen sei. Der Magistratsbeamte war schon Tage vorher gesund entlassen worden. Mein Vormund berichtete, daß mein Großvater ihm gegenüber mehrere Male äußerte, daß er zu sterben habe, ohne sein Ziel zu erreichen, den Abschluß seines sogenannten Lebenswerkes, an welchem er die letzten fünfzehn Jahre gearbeitet hatte. Er hatte sich in der letzten Nacht auch nach meinem Befinden erkundigt. Seine Frau, meine Großmutter, und sein Sohn, der Bruder meiner Mutter, waren in dieser letzten Nacht ununterbrochen bei ihm gewesen. Am Ende nurmehr meine Großmutter. Gegen halb sechs sei der von ihm gehaßte Krankenhauspfarrer mit seinem Sakramentenkoffer plötzlich in der Tür seines Zimmers erschienen. Die Absicht des Krankenhauspfarrers mußte meinem Großvater klar gewesen sein, nach Auskunft meiner Großmutter hatte mein Großvater in dem Augenblick, in welchem der Krankenhauspfarrer an sein Bett hatte treten wollen, um ihm die Letzte Ölung zu geben, diesem mit dem Wort *hinaus* sein Vorhaben vereitelt. Der Krankenhauspfarrer habe auf das Wort *hinaus* augenblicklich das Zimmer meines Großvaters verlassen. Kurz darauf war mein Großvater tot, und das Wort *hinaus* war sein letztes Wort gewesen. Tagelang hatten mich also die Meinigen aufgesucht und gewußt, daß mein Großvater, auf dessen Besuch ich immer mit der größten Anspannung gewartet hatte, längst tot war. Es war ihnen gelungen, mir seinen *Tod* zu verheimlichen, nicht jedoch, daß etwas ihn betreffendes Unheilvolles vorgefallen war, aber ich hatte mich nicht getraut, sie direkt zu fragen, vielleicht weil ich durch ihre Verhaltensweise während ihrer Besuche an meinem Bett ja schon auf das sogenannte Schlimmste gefaßt gewesen war. Ich hätte mir natürlich selbst längst schon eingestehen können, daß ich dieses Schlimmste, also den Tod meines Großvaters, bereits in meine Vermutungen über ihr merkwürdiges Verhalten einbezogen gehabt hatte. Später hatten sie mir anvertraut, sie hätten meinen Geschwistern ein Schweigeverbot auferlegt, als diese den Wunsch geäußert hatten, mich an meinem Geburtstag zu besuchen. An diesem Geburtstag hatte ich aufstehen und den ersten Gehversuch machen wollen unter Mithilfe meines Großvaters. Die Erklärungen der Meinigen, warum mein Großvater an meinem Geburtstag, gerade an dem Tag, an welchem er mir beim Aufstehen und möglicherweise bei meinen ersten Schritten behilflich hatte sein wollen, nicht gekommen sei, hatten mich nicht überzeugen können, aber ich war gezwungen gewesen, ihre Unwahrheiten zu glauben. Wie tapfer war damals meine Mutter gewesen, die ihren Vater wie keinen anderen Menschen geliebt hat, was mußten meine Großmutter und meine Geschwister mitgemacht haben! Andererseits waren sie alle längst und in einem sicher ungewöhnlich strengen Maße durch so viele Leidensschulen gegangen, daß sie naturgemäß auch diese Wochen ertragen und letzten Endes, mit Ausnahme meiner Mutter, daraus ziemlich unbeschädigt hatten entkommen können, wie sich später gezeigt hat. In die Krankheit bin ich meinem Großvater nachgefolgt, nicht weiter. Ich setzte jetzt, da ich endgültig allein und auf mich angewiesen war, wie sich sofort nach dem Tode meines Großvaters mit aller nur möglichen Deutlichkeit herausgestellt hatte, alles daran, aus dem Krankenhaus herauszukommen und gesund zu werden, nichts weniger wollte ich und hatte mir jeden Tag und zu jeder Stunde und tatsächlich ununterbrochen gesagt, jetzt ist der Zeitpunkt, aufzustehen und hinauszugehen, die Entscheidung war längst gefallen, und ich brauchte jetzt nur die einzig richtige Anwendung der Methode, die mir die stete und unnachgiebige Annäherung an mein Ziel, gesund zu sein, ermöglichte. Die plötzlich durch den Tod des Großvaters klargewordene Tatsache, allein zu sein, hatte alle Lebenskräfte in mir sich auf dieses Ziel, gesund zu sein, konzentrieren lassen. Es war, so hatte ich auf einmal gesehen, nicht nur möglich, sondern ein vorher nicht gekannter, unglaublicher Existenzantrieb gewesen, allein zu sein und aus sich selbst heraus weiterzugehen. Der Tod des Großvaters, so entsetzlich er sich gezeigt und sich auf mich auswirken hatte müssen, war auch eine Befreiung gewesen. Zum erstenmal in meinem Leben war ich frei und hatte mir diese plötzlich empfundene totale Freiheit in einem, wie ich heute weiß, lebensrettenden Sinne nützlich gemacht. Von dem Augenblick dieser Erkenntnis und ihrer praktischen Anwendung an hatte ich die Auseinandersetzung mit meiner Krankheit gewonnen. Ich hatte absolut das Gefühl, gerettet zu sein von dem Moment an, in welchem ich die Möglichkeiten des vollkommenen Alleinseins erkannt und zu meinem Besitz gemacht hatte. Zuerst hatte ich die Entscheidung treffen, dann die Erkenntnis anwenden und schließlich die Vernunft einsetzen müssen. Eine zweite Existenz, ein neues Leben, und zwar ein solches, in welchem ich vollkommen auf mich selbst angewiesen war, stand mir offen. Vielleicht oder gar wahrscheinlich, war mein Gedanke gewesen, hatte ich diese Chance allein durch den Tod des Großvaters. Ich will diese Spekulation nicht erweitern. Die Schule meines Großvaters, in die ich, ich kann sagen, von meiner Geburt an, gegangen war, war abgeschlossen gewesen mit seinem Tod. Er hatte mich, indem er plötzlich tot war, aus seinem Unterricht entlassen. Es war eine Elementarschule, schließlich eine Hochschule gewesen. Ich hatte jetzt, so mein Eindruck, ein Fundament, auf welchem meine Zukunft aufgebaut werden konnte. Ein besseres Fundament hätte ich nicht haben können. Während ich, freilich nicht ahnungslos, aber doch ohne Gewißheit, tagelang über die Abwesenheit meines Großvaters und über die Ursache dieser Abwesenheit in einem fortwährend niedergeschlagenen und naturgemäß hoffnungslosen Zustand unter meiner Bettdecke in einer tiefen Verzweiflung gewesen war, waren die Meinigen längst mit dem Tod des Großvaters konfrontiert gewesen und hatten sich um sein Begräbnis kümmern müssen. Alle mit diesem Begräbnis zusammenhängenden Notwendigkeiten hatte mein Vormund übernommen, der von ihnen allen noch den klarsten Kopf gehabt hatte. Ausdrücklicher Wunsch meines Großvaters war es gewesen, auf dem Maxglaner Friedhof begraben zu werden, der zu dem Zeitpunkt seines Todes, neunzehnhundertneunundvierzig, noch ein kleiner, weit außerhalb der Stadt gelegener Dorffriedhof gewesen war. Er war, auch mit mir, sehr oft auf diesem Friedhof spazierengegangen. Von den kirchenbehördlichen Schwierigkeiten, die seinem Begräbnis auf dem Maxglaner Friedhof im Wege gestanden waren, habe ich schon an anderer Stelle berichtet. Der Nachruf auf meinen Großvater war von dem Chefredakteur des sozialistischen *Demokratischen Volksblatts,* Josef Kaut, geschrieben, von einem Mann, der später in meinem Leben noch eine entscheidende Rolle gespielt hat. Die Frage, ob es notwendig gewesen war, daß ich den Tod meines Großvaters aus der Zeitung erfahren hatte müssen, beschäftigte mich zeit meines Lebens, überhaupt die Umstände, unter welchen ich Kenntnis von seinem Tod erhalten hatte, daß es die Zeitung aus der Hand des Gastwirts aus Hofgastein hatte sein müssen und daß ich diesen Nachruf überhaupt in die Hand bekommen hatte. Meine erste Existenz war abgeschlossen, meine zweite hatte begonnen. Die Meinigen hatten sich nach der Katastrophe wieder auf ihre eigenen Positionen und Probleme zurückgezogen, mit der Besserung meines Zustandes hatten sie in ihrer Konzentration auf mich nachlassen und sich tatsächlich beruhigen können. Um mich brauchten sie keine Angst mehr zu haben, der mich betreffende Optimismus der Ärzte ihnen gegenüber war durch das, was sie an mir selbst hatten beobachten können, zweifellos einen erstaunlichen Genesungsfortschritt, sehr gut abgestützt gewesen. Zu lange hatten sie ihre ganze Aufmerksamkeit von sich selbst ablenken und den beiden Kranken aus ihrer Mitte zuzuwenden gehabt, jetzt konstatierten sie die Verwahrlosung, in welche sie dieser monatelange Zustand gestürzt hatte. Auch sie waren sich plötzlich allein und verlassen und, wie meine Mutter es immer wieder ausgedrückt hatte, zurückgelassen vorgekommen und die erste Zeit nach dem Unglück tatsächlich unfähig gewesen, an ihre Zukunft zu denken, und was meine betroffen hatte in ihrem Denken, mußte sie mit Hoffnungslosigkeit und sonst nichts konfrontiert haben. Die Aussichten waren die schlechtesten, wenn sie auch noch in Betracht zogen, daß der von ihnen aus gesehen in jedem Falle lebenslänglich geschwächte, ins Unglück gestürzte Enkel jetzt seinen Großvater und Lehrer und Bewahrer verloren hatte. Über Nacht war ihnen eine Verantwortung aufgebürdet worden, die tatsächlich über ihre Kräfte ging. Und sie hatten sich auch jetzt nicht für mich, der ich achtzehn Jahre von meinem Großvater allein erzogen worden war, zuständig gefühlt. Der Großvater hatte mich sozusagen von Geburt an ihrem Erziehungseinfluß entzogen und ganz unter seinen Schutz und unter seinen Geist gestellt gehabt, sie hatten auf mich in diesen achtzehn Jahren keinerlei Einfluß ausüben können. Mein Großvater hatte sie von meiner Erziehung ausgeschlossen, ihnen, in logischer Konsequenz ihres Verhaltens mir gegenüber, auch alle Rechte an meiner Erziehung abgesprochen gehabt, jetzt waren *sie* für mich nicht mehr nur juristisch, sondern auch moralisch verantwortlich. Was, mag sehr oft ihr Gedanke gewesen sein, geschieht, wenn er (also ich) aus dem Krankenhaus herauskommt? Dieser Zeitpunkt war nicht mehr fern, jedenfalls absehbar, und im Grunde fürchteten sie sich jetzt vor diesem Zeitpunkt. Sie hatten hinter der Freude über meine von Tag zu Tag näherrückende, auf einmal schon wahrscheinliche baldige Entlassung, ihre Angst vor dem Augenblick meiner Entlassung nicht verbergen können, und einerseits wünschten sie tatsächlich den Zeitpunkt meiner Entlassung aus dem Krankenhaus so wie ich herbei, aber andererseits fürchteten sie sich vor diesem Datum. Denn das war ihnen auch klar gewesen, daß ich ihnen, wenn aus dem Krankenhaus entlassen, auf jeden Fall längere Zeit zur Last fallen würde, denn es war ausgeschlossen, daß ich nach meiner Entlassung so weit hergestellt sein würde, um wieder in das Geschäft zu gehen. Daran und also an meine Versorgung war nicht zu denken gewesen. Und meine Karriere als Sänger, an die sie selbst niemals, nicht einen Augenblick lang, geglaubt hatten, war auch dahin gewesen. Wenigstens hatten sie, was sie aber nur in geringem Maße hatte erleichtern können, bei der dafür zuständigen Handelskammer erreicht, daß ich, sobald wiederhergestellt, sofort zu der sogenannten Kaufmannsgehilfenprüfung antreten und also meine kaufmännische Lehre ordnungsgemäß abschließen konnte. Tatsächlich war ich, allerdings ein Jahr später als vorgesehen, zu dieser Prüfung angetreten und hatte sie bestanden und also meine Lehre ordnungsgemäß abgeschlossen. Die Meinigen waren jetzt auch mit der Hinterlassenschaft meines Großvaters beschäftigt gewesen. Plötzlich hatten sich für sie das Arbeitszimmer meines Großvaters und sein

Inhalt, der ihnen zu Lebzeiten meines Großvaters immer verschlossen gewesen war, geöffnet. Sie hatten auf einmal Zutritt zu dem Bereich, zu welchem ihnen, solange mein Großvater gelebt hatte, der Zutritt verwehrt gewesen war. Die Rede ist vom Nachlaß meines Großvaters, nicht von den wenigen Gegenständen und Kleidern, die er hinterlassen hat und die sie untereinander nach Wunsch und Bedürfnis aufgeteilt hatten, wenn es sich nicht um solche Gegenstände und Kleidungsstücke handelte, die mein Großvater in dem von ihm hinterlassenen Testament ausdrücklich angeführt hatte. Darunter hatte sich auch seine Schreibmaschine befunden, die er sich in den frühen zwanziger Jahren im Wiener Dorotheum ersteigert und auf welcher er alle seine Arbeiten *ins Reine,* wie er immer gesagt hat, geschrieben hatte und auf welcher ich selbst heute noch meine Arbeiten schreibe, eine wahrscheinlich schon über sechzig Jahre alte amerikanische L. C. Smith. Mit dieser seiner Schreibmaschine hatte er mir einen Anzug, zwei Röcke, zwei Hosen und einen sogenannten Schladminger, einen winterfesten, mit einem grünen Billardtuch gefütterten Überrock, vererbt. Nicht zu vergessen seine sogenannte Wandertasche, in welcher er auf seinen ausgedehnteren Spaziergängen Bleistift, Notizblock und andere ihm notwendig erschienene Kleinigkeiten untergebracht hatte. Viel mehr war nicht in seinem Besitz gewesen, wenn ich von seinem Bett, seinem Schreibtisch und seinem Bücherkasten absehe, die an seinen Sohn gekommen sind. Diesem hatte er auch seinen schriftstellerischen Nachlaß vererbt. Aber naturgemäß war ich mit diesen Einzelheiten im Krankenhaus noch nicht in Berührung gekommen. Die Vorgänge im Sterbezimmer beanspruchten nach wie vor den Großteil meiner Aufmerksamkeit. Eines Tages war mir, von seiten des Primars, der Vorschlag gemacht worden, aus dem Sterbezimmer in ein anderes, wie der Primar sich ausgedrückt hatte, *freundlicheres Zimmer* zu übersiedeln, urplötzlich mußte ihm die ganze Fürchterlichkeit und gleichzeitig Unsinnigkeit, mich überhaupt in das Sterbezimmer hereingelegt zu haben, zu Bewußtsein gekommen sein, wenigstens jetzt hatte er diesen Fehler gutmachen wollen, indem er mich während der Visite mehrere Male aufforderte, aus dem Sterbezimmer in ein *anderes, freundlicheres Zimmer* zu übersiedeln, diese Wörter *in ein anderes, freundlicheres Zimmer* habe ich noch heute im Ohr, dazu sehe ich auch noch immer ganz deutlich das Gesicht des Primars, der immer wieder wiederholt hatte, *in ein anderes, freundlicheres Zimmer,* wobei ihm nicht einen Augenblick die Infamie und die Entsetzlichkeit dieser seiner Wörter zu Bewußtsein gekommen waren. *In ein freundlicheres Zimmer,* hatte er immer wieder gesagt, und in seiner ihm schon ganz natürlichen Roheit und Geistlosigkeit nicht begriffen, was er gesagt hatte. Ich wollte keine räumliche Veränderung mehr und bestand darauf, in dem Sterbezimmer zu bleiben, das mir im Laufe der Wochen und Monate zur Gewohnheit geworden war. Der Primarius hätte mich zwingen können, das Sterbezimmer zu verlassen, aber er hatte schließlich kopfschüttelnd aufgegeben. Ich hatte lange über die Kopflosigkeit und gleichzeitig Unverschämtheit und Niedertracht nachdenken müssen, die den Primarius so oft *in ein freundlicheres Zimmer* hatte sagen lassen, eine solche Bemerkung mußte mich für Stunden zu einer Auseinandersetzung mit der menschlichen Roheit und mit dem Stumpfsinn, in den diese Roheit verpackt ist, zwingen. Von Körperschmerz frei, wenn auch noch immer den fortwährenden medizinischen und außermedizinischen Belästigungen unterworfen, die in einem solchen Krankenzimmer wie dem Sterbezimmer unvermeidlich sind, und jetzt auch schon in der Gewohnheit, selbst das Fürchterliche als eine leicht zu verarbeitende Alltäglichkeit hinter mich zu bringen, ein Meister, hatte ich alle Voraussetzungen, über das, was ich immer eindringlicher zu beobachten hatte, nachzudenken und mir, sozusagen als willkommene Abwechslung, viele dazu geeignete Anschauungen oder Vorkommnisse zu einem lehrreichen Studiergegenstand zu machen. Ich hatte, an einem gewissen, schon sehr weit fortgeschrittenen Punkt meines Heilungsprozesses, mein Vergnügen am Denken und also am Zerlegen und Zersetzen und Auflösen der von mir angeschauten Gegenstände wiederentdeckt. Ich hatte jetzt Zeit dazu und war in Ruhe gelassen. Der Analytiker hatte jetzt wieder die Oberhand. Eines Tages war mir vom Primarius nicht die Entlassung, sondern die Überführung meiner Person aus dem Krankenhaus in ein sogenanntes Erholungsheim in Großgmain, ein am Fuße des Untersberges und ganz nahe der bayerischen Grenze gelegenes Bauerndorf, angekündigt worden. Dieses Erholungsheim war eine Dependance des Krankenhauses gewesen, früher, vor dem Kriege, ein Hotel, das es heute wieder ist. Aber bis dahin hatten noch ein, zwei Wochen zu vergehen. Ich hatte schon aufstehen und unter Mithilfe der Schwestern, dann, regelmäßig während der Besuchszeit, meiner Mutter wieder gehen gelernt. Die ersten Aufsteh- und überhaupt Stehversuche waren naturgemäß kläglich gescheitert, plötzlich hatte ich mich von meinem Bett, das ich umklammert gehabt hatte, lösen und ein paar Schritte machen können. Mit jedem Tag waren es mehr Schritte gewesen. Meine Mutter hatte diese Schritte gezählt und hatte beispielsweise am Montag gesagt *acht Schritte*, am Dienstag *elf Schritte*, am Mittwoch *vierzehn Schritte* undsofort. Rückschritte waren eine Selbstverständlichkeit. Eines Tages hatte ich meine Mutter vor der Tür des Sterbezimmers empfangen können, wir waren beide glücklich gewesen. Sie hatte mir von einem bestimmten Zeitpunkt an Zeitungen, Zeitschriften, schließlich Bücher mitgebracht, Novalis, Kleist, Hebel, Eichendorff, Christian Wagner, die ich zu dieser Zeit wie keine anderen geliebt habe. Es war auch vorgekommen, daß sie mit einem Buch an meinem Bett saß und in dem Buch las, ich in einem anderen Buch, das sind für mich die schönsten Besuche meiner Mutter gewesen. Sie erzählte aus ihrer Kindheit oder von ihrer Jugend, die nicht weniger schwierig gewesen war als die meinige, von ihren Eltern, meinen Großeltern, vieles, das mir unbekannt war, von der lebenslänglich glücklichen Verbindung meiner Großeltern, ihren Reisen, Abenteuern, ihrem Altern. Hier im Sterbezimmer hatte ich auf einmal die enge und liebevolle Beziehung zu meiner Mutter haben können, die ich die ganzen langen achtzehn Jahre vorher so schmerzlich entbehren hatte müssen. Die Krankheit hatte die Kraft, uns anzunähern und nach so langer Zeit der Trennung wieder zu verbinden, das Kranksein überhaupt, in welchem wir wieder zusammengekommen waren. Wenn die Mutter erzählte oder mir aus einem Buche vorgelesen hatte, von welchem ich wußte, daß es eines der Lieblingsbücher meines Großvaters gewesen war, wie beispielsweise aus der *Empfindsamen Reise* des Lawrence Sterne, hatte ich die zwei Besuchsstunden zuhören können ohne Unterbrechung, nur in dem einzigen Gefühl und in dem einzigen Gedanken, daß das Vorlesen meiner Mutter nicht aufhören möge. Aber die Schwester, die mit den Fieberthermometern in das Sterbezimmer hereingekommen war und mit ihrem Auftritt die Besuchszeit für beendet erklärte, hatte das Vorlesen immer abrupt beendet. Meine Mutter und ich hatten so kurze Zeit nach seinem Tod nicht viel über meinen Großvater, ihren Vater, gesprochen, alles war noch von diesem seinem Tod bestimmt gewesen, aber der wurde durch unser Schweigen erträglicher. Er, mein Großvater, so meine Mutter, habe an der Mauer außerhalb des Friedhofs ein Grab bekommen, das einzige auf einer außer seinem Grabe noch völlig freien Fläche, auf welcher ein ganz neuer Teil des Friedhofs geplant sei. Sie gehe jeden Tag hin, stehe ein paar Minuten an dem Grab und gehe wieder nach Hause. Es falle ihr schwer, in das Großvaterzimmer hineinzugehen, in welchem noch immer der für dieses Großvaterzimmer charakteristische Geruch sei. Sie wolle das Großvaterzimmer so lange wie möglich nicht lüften, also seine Fenster geschlossen lassen, um den Geruch zu erhalten. Sie habe jetzt fortwährend das Gefühl, daß ihr eigenes Leben, das mit dem ihres Vaters auf so merkwürdig *hörige* Weise, wie sie sich ausdrückte, verbunden gewesen war, jetzt sinnlos geworden sei. Sie schlafe nicht und ihre Sorge gelte ausschließlich meiner Zukunft, vor welcher sie vollkommen ratlos sei. Die Gespräche, im Grunde nur kürzere, ja kürzeste Unterhaltungen mit ihrem Mann, meinem Vormund, zu welchem ich zeitlebens immer *Vater* gesagt habe, klärten nichts, stürzten sie nur immer noch tiefer in Ratlosigkeit und Verzweiflung. Ihre jüngeren Kinder, meine Geschwister, verstünden nichts, aber seien von allen diesen schrecklichen Geschehnissen und Ereignissen betroffen, arg in Mitleidenschaft gezogen gerade in dem Alter, in welchem sie am meisten zu schützen und zu schonen gewesen wären, was ihr Angst mache. Die Ursachen der Krankheit meines Großvaters, seines Todes schließlich, der ihm in einem Alter gekommen sei, in welchem er unter anderen Umständen nicht habe zu sterben brauchen, im Alter von siebenundsechzig Jahren, so meine Mutter, wie auch die meiner Krankheit seien in dem Krieg zu suchen, der uns alle seelisch und geistig und körperlich so lange ausgehungert und gedemütigt habe. Ich hatte zeitlebens ein distanziertes, von Mißtrauen, ja von Argwohn niemals freies, zu manchen Zeiten sicher sogar ein feindseliges Verhältnis zu meiner Mutter gehabt, die Ursachen wären noch einmal zu untersuchen, aber das führte an dieser Stelle zu weit und wäre in jedem Falle heute noch zu früh, aber jetzt glaubte ich, sie, meine Mutter, wiedergefunden, ja für mich wiederentdeckt zu haben. Ihr Wesen, war mir auf einmal deutlich geworden, war dem meines Großvaters am nächsten, ihres näher als das ihres Bruders, meines Onkels. Ich erinnere mich, daß sie, an meinem Bett sitzend, die Besuchszeit mir als eine sehr kurze erscheinen hatte lassen, wenn sie erzählte, alles, was sie sagte, war voller Anmut, Empfindsamkeit, Aufmerksamkeit. Sie war ihrem Vater eine liebevolle Tochter, mir erst jetzt eine ebensolche liebevolle Mutter, mit welcher ich auf einmal längere Zeit ohne Mißverständnisse zusammensein konnte. Die Härte dieser immer in dem höchsten Schwierigkeitsgrade vollzogenen Beziehung war weg gewesen. Meine Mutter war, wie nicht unrichtig gesagt wird, *musikalisch* gewesen, hatte eine schöne Stimme und hatte Gitarre gespielt. Die Musikalität konnte ich nur von ihr ererbt haben. Die sogenannte *höhere* oder gar *hohe* Musik war ihr aber zeitlebens verschlossen gewesen. Sie hatte, um nicht unter seiner unerbittlichen und unmäßig harten und absoluten Strenge und Herrschaft zugrunde gehen zu müssen, sich schon als junges Mädchen von meinem Großvater trennen und einen eigenen, oft, wie ich weiß, sehr nahe an den Abgründen des Lebens vorbeiführenden Weg gehen müssen. Das Kind, das der Vater in seinem lebenslänglichen *Kunstwillen* nicht in die gewöhnliche, sondern in die hohe Wiener Ballettschule geschickt hatte, um es als Tänzerin an der Hofoper ausbilden und eine Ballerinenkarriere machen zu lassen, und welches diesem ihm von seinem ehrgeizigen Vater aufgezwungenen Ballettmartyrium nur durch eine plötzlich und heftig ausgebrochene Erkrankung hatte entkommen können und das schließlich dem Vater zuliebe sehr oft die eigene, letzten Endes schwache und hilflose Existenz aufs Spiel gesetzt hatte in allen möglichen geldeinbringenden Beschäftigungen allein zur Erhaltung seiner Eltern, hatte sich aber dem Einfluß des wie nichts sonst verehrten Vaters, meines Großvaters, niemals entziehen können. Sie war tatsächlich, wie sie selbst sagte, ihrem Vater *hörig* gewesen, und ihre Liebe zu ihm war von ihm niemals in der gleichen Intensität erwidert worden, woran sie ihr Leben lang zu leiden gehabt hatte. Mein Großvater war kein guter Vater seiner Kinder gewesen, er hatte überhaupt keinerlei ernsthafte Beziehung zu seiner Familie gehabt und haben können, wie er nie ein Zuhause gehabt hatte, denn sein Zuhause war immer nur sein Denken gewesen, und seine Familie waren die großen Denker, in welchen er sich geborgen, gut aufgehoben fühlte wie nirgends sonst, wie er einmal gesagt hat. An einem hellen, eiskalten Wintertag Anfang März gegen Mittag war ich in einem weißen, dem Krankenhaus gehörenden Wagen nach Großgmain gebracht worden, auf einer Bahre, mit drei warmen Wolldecken zugedeckt. Durch das weitgeöffnete Krankenhaustor hinaus auf die Müllner Hauptstraße und über den Aiglhof, knapp an unserer Wohnung vorbei durch Maxglan, wie mir, ohne daß ich das tatsächlich hätte sehen können, vorgekommen war, nach Wartberg hinauf, an Marzoll vorbei, gegen den Untersberg, war diese Fahrt der Abschluß einer Periode gewesen, in welcher ich mein erstes und altes Leben, meine erste und alte Existenz abgeschlossen und, meiner wahrscheinlich wichtigsten Entscheidung gehorchend, mein neues Leben und meine neue Existenz angefangen hatte. Diese Entscheidung bestimmt bis heute alles, was mich betrifft. Noch war ich nicht in die Welt entlassen, nur in eine andere, in guter Luft und also in waldreicher Gegend gelegene *Krankenverwahrung*. Ich erinnere mich, daß mich diese nur sechzehn Kilometer lange Fahrt total erschöpft und unfähig gemacht hatte, bei meiner Ankunft allein von der Bahre aufzustehen. Zwei für mich abkommandierte Pfleger hatten mich stützen müssen auf den paar Schritten vom Wagen in das Hotel Vötterl hinein. Ein Lift hatte mich und die Pfleger in den dritten Stock hinaufgebracht. Ich war in ein straßenseitiges Zimmer gekommen, von welchem ich direkt auf die Kirche und auf den darunter gelegenen Friedhof hatte blicken können, in ein Zweibettzimmer, in welchem ein junger Mann, wie ich sehr schnell erfahren hatte, ein Architekturstudent, lag. Kaum hatten sie mich auf mein Bett gesetzt, waren die Pfleger verschwunden gewesen, darauf war eine sogenannte weltliche Schwester in das Zimmer hereingekommen, mit Handtüchern und verschiedenen Papieren und mit einem Fieberthermometer, das ich sofort unter den Arm stecken mußte, und hatte mich gefragt, wo ich meine Sachen habe, aber ich hatte außer meinem Toilettebeutel keine. Obwohl ich ihr gesagt hatte, daß ich keine Kleider mitgebracht habe, öffnete sie einen von den zwei Kästen im Zimmer und zeigte mir, wo ich meine Kleider hineinhängen sollte. Es sei ja, hatte ich zu ihr gesagt, wenigstens in den nächsten Tagen noch nicht damit zu rechnen, daß ich aufstehen und gehen, geschweige denn aus dem Haus gehen könne, und also habe es Zeit, bis mir die Meinigen meine Kleider brächten. Im Bett liegend, hatte ich der danebenstehenden Schwester mehrere Fragen über meine Person zu beantworten. Mein Mitpatient hatte, was ich auf die Fragen der Schwester antwortete, mit größter Aufmerksamkeit mitangehört. Es hatte die Schwester irritiert, daß ich ihr nicht mit Sicherheit sagen hatte können, ob ich am neunten oder am zehnten Feber geboren worden sei, ich hatte, wie immer bei solchen Gelegenheiten, *am neunten oder am zehnten* gesagt, was sie aber nicht akzeptierte, und so hatte *sie* sich schließlich, warum, weiß ich nicht, für den zehnten entschieden und den zehnten in eines der Papiere hineingeschrieben. Ihre Verpflichtung war gewesen, mich mit einigen von ihr so genannten wesentlichen Punkten der Hausordnung bekannt zu machen. Bei dieser Gelegenheit war mir aufgefallen, daß sie mehrere Male ausdrücklich betont hatte, daß es mir, sie hatte immer *mir,* nicht *den Patienten* gesagt, daß es *mir* verboten sei, in den Geschäften des Ortes einzukaufen, Gasthäuser aufzusuchen und mit Kindern zu sprechen, und daß ich am Abend vor acht Uhr im Haus zu sein hätte, wo sie doch genau wußte, daß ich kaum gehen hatte können und ihr inzwischen auch bekannt gewesen war, daß ich nicht einmal Kleider zu meiner Verfügung hatte. Zu den Mahlzeiten hätte ich pünktlich zu erscheinen. Die Mahlzeiten würden auf dem Zimmer ausgegeben. Besuche seien nur während der Besuchszeit zugelassen. Ab neun Uhr abends habe Ruhe zu herrschen. Ich war durch diese Einführung in das Hotel sofort an das Internat in der Schrannengasse erinnert. Ich war sehr rasch ermüdet und ermattet gewesen und hatte keine Lust mehr, über die Gedankenlosigkeit dieser Schwester nachzudenken. Nachdem ich ihre Fragen beantwortet und sie sich damit schließlich zufrieden gegeben hatte, war sie aus dem Zimmer hinausgegangen, und ich hatte mich meinem Zimmergenossen zuwenden können, aber zu einer Unterhaltung mit diesem kam es nicht, ich war augenblicklich eingeschlafen. Minuten später war Essenszeit, und das Essen war auf einem Geschirrwagen aus Holz direkt aus dem Lift zu uns in das Zimmer hereingefahren und ausgeteilt worden. Jetzt, während der Mahlzeit, die ich nur unter äußerster Anstrengung, in meinem Bett sitzend, einnehmen hatte können, war Gelegenheit gewesen zu einer ersten Unterhaltung mit meinem Mitpatienten. Er war schon die dritte Woche in diesem Zimmer und glaubte, nach drei weiteren Wochen nach Hause gehen zu können. Er war, genau wie ich, aus der Ersten Internen, wie er sich ausdrückte, aber schon drei Wochen früher hierher gebracht worden. Er war, zum Unterschied von mir, ein Klassepatient und im Krankenhaus, zum Unterschied von mir, der ich in einem Zimmer mit sechsundzwanzig Betten untergebracht gewesen war, in einem Zweibettzimmer gelegen, und was er aus dem Krankenhaus berichtete, war allein dadurch vollkommen anders, ja in vielen, in den meisten Punkten geradezu entgegengesetzt dem, das ich berichtete, seine Erlebnisse waren vollkommen andere, wie auch die Ereignisse, die er erlebt hatte, vollkommen andere gewesen waren als die meinigen, denn er war die ganze Zeit mehr oder weniger von allen Geschehnissen und Ereignissen, die ich erlebt hatte, abgeschirmt gewesen durch die Tatsache, daß er, als Klassepatient, in einem Zweibettzimmer gelegen und durch diesen Vorzug von vornherein mit der tagtäglichen Masse der Fürchterlichkeit und des Schreckens in diesem großen Krankenhaus überhaupt nicht in Berührung gekommen war. Der Klassepatient, wenn er allein liegt, hat nur seine eigenen Leiden zu leiden, seine eigenen Schmerzen auszuhalten, und seine Beobachtung beschränkt sich auf die Beobachtung seiner eigenen, kranken Person und auch nur auf die Umwelt und Umgebung seiner eigenen, kranken Person, während der andere, der kein Klassepatient ist, in seine eigenen Leiden und in seine eigenen Schmerzen und in die Beobachtung der eigenen, kranken Person die Leiden und Schmerzen und die Beobachtung auch all jener einzubeziehen hat, die mit ihm sein Zimmer zu teilen haben, und im Falle meines neuen Zimmergenossen war es nur ein einziger anderer gewesen, in meinem Fall aber waren es fünfundzwanzig. So mußte, was ich aus dem Krankenhaus zu berichten gehabt hatte, naturgemäß etwas vollkommen anderes sein als das, was der Architekturstudent berichtete. Aber damit ist nicht gesagt, daß die Erlebnisse meines Mitpatienten, mit welchem ich mich sehr schnell angefreundet hatte, weniger tief auf ihn eingewirkt hätten als die meinigen auf mich und ihn weniger verletzt und verstört und zerstört hätten. Aber die Perspektive des sogenannten Klassepatienten ist naturgemäß immer eine andere als die des sogenannten gewöhnlichen, einfachen, welcher niemals auch nur das Geringste zu fordern hat und dem letzten Endes, zum Unterschied vom Klassepatienten, nichts erspart bleibt, weil er nicht, wie der Klassepatient, in jedem Augenblick und bei jeder Gelegenheit auf irgendeine, wenn auch noch so unscheinbare Weise geschont und geschützt und abgeschirmt wird, während jener in den meisten Fällen ja doch niemals zu dem Blick in das äußerste Häßliche und in das größte Entsetzen gezwungen ist. Dem Klassepatienten ist alles abgeschwächt, herabgemildert, es wird ihm, zum Unterschied von den anderen, nicht alles und immer wieder alles mit der größten Rücksichtslosigkeit zugemutet. Inzwischen hat sich auch in unserem Land auf diesem Gebiet viel geändert. Noch sind die Klassen in den Krankenhäusern nicht abgeschafft, aber wir müssen darauf bestehen, daß sie abgeschafft werden, und zwar so bald als möglich abgeschafft werden, weil die Tatsache, daß es ausgerechnet in den Krankenhäusern noch immer Klassen gibt, tatsächlich ein menschenunwürdiger Zustand, eine gesellschaftspolitische Perversität ist. Urplötzlich war ich jetzt, indem ich aus dem Krankenhaus in das Hotel in Großgmain überstellt worden war, wenn auch angekündigt, so doch letzten Endes auf überstürzte Weise, aus dieser fortwährenden Unheils- und Katastrophenmaschine, die das Krankenhaus zweifellos ist, herausgenommen und in die Wälder und in das diese Jahreszeit beinahe den ganzen Tag über verfinsternde Gebirge hineinversetzt, in eine mich zuerst irritierende, dann sogar quälende, Tag und Nacht immer gleich auf mich einwirkende Ruhe, in welcher ich mich jedoch nicht beruhigen hatte können. Die Belastung dieser Veränderung, aus dem Krankenhaus entlassen und in das Gebirge und in die Wälder hineinversetzt zu sein, war die größte gewesen, und sie hatte mich unvorhergesehen wieder in eine fortgesetzte Selbstquälerei gestürzt, aus welcher ich tagelang nicht mehr herausgekommen war. Jetzt erst waren mir, daraus entfernt, die ganze Fürchterlichkeit meines Krankenhausaufenthaltes und alle mit meiner Krankheit und mit der Krankheit meines Großvaters und mit seinem Tod zusammenhängenden Vorgänge, Ereignisse und Geschehnisse erst recht deutlich und klar geworden. Wenn ich auch noch nicht reif gewesen war, eine Analyse dieser Vorgänge und Ereignisse und Geschehnisse zu machen, so waren nach und nach jetzt unter den neuen Eindrücken im Hotel Vötterl, welches mir die ersten Tage nur ein solches nur mit Vermutungen angefülltes, von mir ja noch nicht im geringsten in Augenschein genommenes Gebäude gewesen war, die von mir im Krankenhaus in Salzburg während meines dortigen Aufenthaltes erlebten Vorfälle, Ereignisse und Geschehnisse, aufgeklärt gewesen oder wenigstens annähernd aufgeklärt. Ich hatte damit angefangen, diesen Krankenhausaufenthalt zu verarbeiten. Der Tagesablauf im Vötterl, gegenüber dem Tagesablauf im Krankenhaus auf ein Minimum eingeschränkt, war mir der dafür geeignete Hintergrund. Der Architekturstudent störte mich nicht in dieser mir mit der Zeit ganz wesentlich gewordenen Geistesübung. Ich hatte gelernt, daß es notwendig ist, jedes außerordentliche Ereignis oder Geschehen zu einem bestimmten, gerade dafür geeigneten Zeitpunkt zu analysieren, und ich hatte aus eigener Kenntnis des Sachverhalts schon sehr bald die Fähigkeit besessen, diesen geeigneten, noch besser, geeignetsten Zeitpunkt herauszufinden und zu bestimmen. Jetzt konnte ich mir ohne weiteres die Frage stellen, was ist das, woraus ich gerade entkommen bin und wohin ich, das war mir klar, nicht mehr zurückkehren will? Die Anwendung meiner Methode war gelungen, die Zusammenhänge waren hergestellt, der Zeitablauf funktionierte, ich hatte die Fäden im Kopf. Es handelte sich, in den klarsten Momenten, zweifellos um eine nicht nur *an* sich, sondern noch viel mehr *in* sich logische Entwicklung, die in dem Badezimmer, in welches ich in dem wahrscheinlich lebensgefährlichsten Augenblick meiner Krankheit hineingeschoben worden war, zum Abschluß gekommen war und die ich in demselben Augenblick, in welchem ich zu einem zweiten Leben, zu einer zweiten Existenz entschlossen gewesen war, mit meiner Entscheidung, nicht aufzugeben, um meine Zukunft erweitert hatte. Diese Entscheidung hatte ich ganz allein gefällt, und sie hatte in der kürzesten Zeit gefällt werden müssen, in einem einzigen Augenblick. Selten vorher, aber auch selten nachher habe ich in meinem Leben von der Möglichkeit, völlig ungestört tage- und wochenlang über Vergangenheit und Zukunft nachdenken und dieses Nachdenken zu einer tatsächlichen intellektuellen Spekulation machen zu können, so intensiv und so einträglich Gebrauch gemacht wie hier. Die Ereignisse und Geschehnisse in Großgmain waren auf einmal mehr die vergangenen Ereignisse und Geschehnisse im Salzburger Krankenhaus, nicht die gegenwärtigen, die letzten Endes unbedeutend und mit den vergangenen nicht vergleichbar waren, jedenfalls in den ersten Tagen und

Wochen in Großgmain, in welchen ich nicht aus dem Zimmer hinausgekommen war. Erst nach zwei Wochen Aufenthalt, in welchen ich mich ja auch an die Luftveränderung hatte gewöhnen müssen, war ich befähigt gewesen, aufzustehen und meine neue Umgebung außerhalb des Zimmers in Augenschein zu nehmen. Der Ort war, direkt an der bayerisch-österreichischen Grenze gelegen, die von einem an manchen Stellen reißenden Gebirgsbach markiert war, die meiste Zeit düster und alles eher als freundlich, und er ist sicher auch einer der kältesten Gebirgsorte, die sich vorstellen lassen. Ein paar um die Kirche, die ich von meinem Fenster aus sehen, und um den Friedhof, in welchen ich von eben diesem Fenster aus hatte hineinschauen können, zwischen mehrere Vorgebirgshügel hineingebaute Bauernhäuser, ein paar Wirtshäuser, die alle von dem wahrscheinlich um die Jahrhundertwende gebauten Hotel Vötterl überragt wurden, sonst nichts. Alles in allem aber ein Ort für Kranke, vornehmlich an der Lunge und überhaupt an den Atmungsorganen Kranke, und genau das war sicher auch die Ursache für die Entscheidung gewesen, das Hotel Vötterl zu einem, wie die amtliche Bezeichnung genau lautete, *Erholungsheim für an den Atmungsorganen Erkrankte* zu machen. Der Krieg und seine Folgen hatten das Hotel Vötterl als Hotel zu einem Unsinn, die Landesregierung hatte es aus diesem Grunde zu einer Dependance ihres Krankenhauses gemacht. Daß das Hotel Vötterl aber tatsächlich nicht nur ein Erholungsheim, in welchem sich alle in ihm untergebrachten Patienten auch wirklich erholten, sondern auch ein Endpunkt für viele in ihm abgesetzte Existenzen gewesen war, hatte ich erst nach und nach in Erfahrung gebracht. Es war, worauf ich von meinem Zimmergenossen schon bald aufmerksam gemacht worden war, auch für sogenannte *schwere* Fälle Aufenthaltsort, und zum Großteil waren jene hier untergebracht gewesen, die im Krankenhaus in der Stadt auch nach längerem Aufenthalt nicht gestorben waren und einzig und allein zu dem Zwecke ihres Sterbens nach Großgmain gebracht worden waren. Es waren *die aufgegebenen Fälle*, für welche in medizinischer Hinsicht nichts mehr zu machen gewesen war. Zum einen waren die Patienten im Hotel Vötterl diese Aufgegebenen, zum anderen, wie ich dann selbst gesehen hatte, jene meistens jüngeren, die man tatsächlich zu Heilungszwecken nach Großgmain geschickt hatte. Aber von den Aufgegebenen hatte ich lange Zeit nichts gesehen. Es war klar, daß die meisten von ihnen ihre Zimmer nicht mehr verlassen konnten, wenigstens nicht lebend, und ich sie schon aus diesem Grunde zuerst nicht zu Gesicht bekommen hatte. Mein Architekturstudent hatte mich eines Tages, wahrscheinlich, weil er den Zeitpunkt dazu für geeignet hielt, auf das Folgende aufmerksam gemacht: er zeigte mir vom Fenster aus mehrere frische und weniger frische einfache Erdhügel auf der rückwärtigen Seite des Friedhofs. Ein Schneetreiben hatte für diese Szene, wie er vielleicht geglaubt hatte, den richtigen Hintergrund abgegeben. Diese Erdhügel, so mein Architekturstudent, seien die Gräber jener, die in der letzten Zeit im Hotel Vötterl gestorben seien, elf oder zwölf Erdhügel hatte ich festgestellt, aber wahrscheinlich waren noch mehrere von der Kirchenmauer verdeckt. Jedes Frühjahr werden, so mein Zimmergenosse, diese Erdhügel um ein paar neue vermehrt, solange er im Vötterl sei, habe er schon viermal ein Begräbnis vom Fenster aus beobachten können. Diese schweren Fälle existierten für die leichteren im verborgenen. Man erhalte nur, indem man vom Fenster aus auf den Friedhof hinunterschaue, von ihnen Kenntnis. Er sei eines Tages von selbst auf den Zusammenhang zwischen den schweren Fällen im Hause und den sich vermehrenden Erdhügeln auf dem Friedhof unten gekommen. Er selbst habe noch vor drei Wochen mit einer Schauspielerin, die einmal eine *berühmte* Schauspielerin gewesen sei, in ihrem Zimmer Karten gespielt, hatte er gesagt und auf den vorletzten Erdhügel gezeigt, unter welchem seine Kartenpartnerin jetzt schon über eine Woche verscharrt liege. Der März und der April seien jene Monate, in welchen die meisten Lungenkranken, oft von einem Augenblick auf den andern, sterben, die Friedhöfe auf der ganzen Welt seien ein Beweis dafür. Indem er immer nur von Lungenkranken gesprochen hatte, war ich schließlich darauf gekommen, daß im Vötterl tatsächlich nur Lungenkranke untergebracht waren. Allein das Wort *lungenkrank* hatte mich immer entsetzt gehabt. Jetzt hatte ich es den ganzen Tag so oft zu hören bekommen, daß es mir zur Gewohnheit geworden war. Tatsächlich handelte es sich beinahe ausschließlich um Lungenkranke, die hier im Vötterl stationiert waren. Um der Abschreckung zu entgehen, hatten die dafür Verantwortlichen, wie gesagt, das Vötterl als *Erholungsheim für an den Atmungsorganen Erkrankte* bezeichnet, auf allen Papieren war immer nur von *Atmungsorganen* die Rede gewesen, niemals von der Lunge, aber Tatsache war, daß das Vötterl beinahe ausschließlich Lungenkranken und zu einem Großteil den unheilbaren und schon aufgegebenen Lungenkranken vorbehalten gewesen war. In meiner Unwissenheit hatte ich meine eigene Krankheit, wahrscheinlich in Anwendung eines lebensnotwendigen Selbstschutzes, nicht als Lungenkrankheit klassifiziert, obwohl naturgemäß diese meine Krankheit nichts anderes als eine Lungenkrankheit gewesen war, schon von Anfang an. Aber unter einem Lungenkranken hatte ich tatsächlich etwas anderes verstanden, und ein Lungenkranker war ja auch ein anderer, ich war im exakt-medizinischen Sinne nicht lungenkrank, obwohl ich tatsächlich lungenkrank gewesen war, ich war aber kein Lungenkranker. Ich hatte aber doch Angst gehabt, hier in dem mit Lungenkranken und, wie gesagt, mit schwer Lungenkranken angefüllten Vötterl, lungenkrank zu werden, die meisten dieser Lungenkranken im Vötterl hatten die offene und also die für die Umwelt gefährliche Lungentuberkulose, gegen die zu diesem Zeitpunkt, neunzehnhundertneunundvierzig, vorzugehen noch ziemlich aussichtslos war. Ein Lungenkranker hatte damals noch wenig Aussicht, davonzukommen. Es war mir von allem Anfang an, von dem Augenblick an, in welchem ich die Gewißheit hatte, daß das Vötterl mit Menschen angefüllt gewesen war, die *die offene Lungentuberkulose* hatten, als eine Unglaublichkeit erschienen, mich in das Vötterl einzuweisen. Jetzt hatte ich natürlich begriffen, warum die mich mit der Hausordnung bekanntmachende Schwester am ersten Tag gesagt hatte, ich dürfe in kein Geschäft im Ort, in kein Wirtshaus, nicht mit den Kindern sprechen, sie hatte mich wie einen Lungenkranken eingeführt und behandelt. Ich war an der Lunge erkrankt, aber ich war nicht lungenkrank, und die Ärzte hätten mich nicht in das Vötterl einweisen dürfen. Den Meinigen hatten sie davon gesprochen, ich werde *in ein Erholungsheim* überstellt, nichts weiter, jetzt waren auch sie mit der Tatsache konfrontiert, daß ich in einem mit Lungenkranken überfüllten Haus untergebracht und also in jedem Fall einer Tuberkuloseansteckung ausgesetzt war. Denn jeder im Vötterl ist naturgemäß direkt oder indirekt mit allem in Berührung gekommen, und die Ansteckungsgefahr war natürlich in dem sogenannten Röntgenraum und in den Waschräumen und in den Badezimmern, in welchen immer wieder alle, ob ansteckend oder nicht, zusammengekommen waren, am größten. Wahrscheinlich, so denke ich heute, habe ich mir die Tuberkulose und die letzten Endes schwere eigene Lungenkrankheit dort im Vötterl in Großgmain geholt, denn in dem damals bis auf das Äußerste geschwächten Zustand, in welchem ich nach Großgmain gekommen war, hatte ich naturgemäß keinerlei Immunität haben können, und mein Gedanke ist heute tatsächlich, daß ich nach Großgmain gekommen bin, um mir meine spätere schwere Lungenkrankheit, meine Lebenskrankheit, zu holen, nicht um mich auszukurieren und gesund zu werden, was mir die Ärzte versprochen hatten, aber davon nicht jetzt. In den ersten Tagen und Wochen im Vötterl war ich *kein Lun-*

genkranker gewesen. Meine Angst, ein solcher Lungenkranker wie die anderen im Vötterl zu werden, war aber von dem Augenblick an, in welchem ich von der Tatsache, daß hier fast nur Lungenkranke untergebracht waren, die größte gewesen. Fortwährend hatte ich in dieser Angst zu existieren, wachte ich in dieser Angst auf, schlief ich mit dieser Angst ein. Andererseits hatte ich mich doch immer wieder an die in mir noch nicht ganz ad absurdum geführte Kompetenz der Ärzte geklammert, daran, daß ich nicht glauben hatte können, daß mich die Ärzte wissentlich der Gefahr aussetzten, im Vötterl lungenkrank zu werden. So war ich fast ununterbrochen mit dem Gedanken beschäftigt, ob die Ärzte, die mich nach Großgmain geschickt hatten, tatsächlich so kopflos und in der Sache, um die es ging, ebenso niederträchtig und verantwortungslos gewesen waren, wie ich sehr oft hatte glauben müssen, oder nicht. Sie waren so kopflos und ebenso niederträchtig und verantwortungslos gewesen, wie sich später gezeigt hat. Sie hatten den jungen, um seine Gesundheit kämpfenden Menschen tatsächlich in ihrer Kopflosigkeit und Niederträchtigkeit und Verantwortungslosigkeit, indem sie ihn nach Großgmain geschickt hatten, nicht in die Heilung, sondern beinahe in den Tod geschickt, doch davon nichts. Mein Vertrauen in mich war größer gewesen als das Mißtrauen gegen die Ärzte, und so hatte ich doch immer wieder fest daran denken dürfen, schließlich auch aus dem Vötterl eines Tages ohne Schaden zu nehmen und tatsächlich gesund hinaus und nach Hause gehen zu können. Die frische Gebirgsluft, die auch in der Nacht durch die offenen

Fenster hereinströmen hatte können, hatte mir gut getan. Die Meinigen waren schon bald nach meiner Ankunft im Vötterl erschienen und hatten mir das für den Aufenthalt Notwendige mitgebracht, darunter auch ein paar Kleidungsstücke und unter diesen solche, die von meinem Großvater waren und die ich anziehen hatte können. Schwach in den Beinen und mit einem mehr zur Übelkeit als zur Klarheit neigenden Kopf, hatte ich vor meiner Mutter diese Kleidungsstücke probiert und war dann wieder zu Bett gegangen. Es war mir, nachdem meine Mutter wieder gegangen war, möglich gewesen, diese von dem Großvater hinterlassenen Kleidungsstücke, die ich an ihm geliebt hatte und die jetzt mir gehörten, von meinem Bett aus durch die offenstehende Kastentür zu beobachten, stundenlang war ich um eine Verlängerung dieses Vergnügens bemüht gewesen. Die Tage im Vötterl hatten sich zum Unterschied von den Tagen im Krankenhaus, in welchem sie sehr schnell vergangen waren, in die Länge gezogen, im Zimmer war es eine beinahe ununterbrochen ereignislose Zeit gewesen, ausgefüllt mit zuerst zaghaften, dann schon eingehenderen Unterhaltungen mit meinem Mitpatienten, von welchem ich nach und nach auf schließlich ziemlich rücksichtslose Weise die ganze Lebensgeschichte, am Ende auch die Krankengeschichte in Erfahrung gebracht hatte. In der ersten Zeit noch mit keinerlei, dann nach den ersten Tagen mit aus Salzburg mitgebrachter, gewünschter Lektüre, wie ich mich erinnere, habe ich in Großgmain angefangen, mir die mir bis dahin verschlossene sogenannte Weltliteratur zu öffnen, ich war in diesem in Großgmain auf einmal in mir gleichsam über Nacht reif gewordenen Entschluß nach keinerlei Rezept vorgegangen und hatte von den Meinigen nur gewünscht, daß sie mir jene Bücher aus dem Bücherkasten meines Großvaters nach Großgmain herausbringen sollten, von welchen ich wußte, daß sie im Leben meines Großvaters von allererster Bedeutung gewesen waren, und von welchen ich annahm, daß ich sie jetzt verstehen könnte. Auf diese Weise war ich zuerst mit den wichtigsten Werken von Shakespeare und Stifter, von Lenau und Cervantes bekannt geworden, ohne daß ich heute sagen könnte, daß ich diese Literatur damals tatsächlich in ihrem ganzen Reichtum verstanden hätte, aber ich habe sie mit Dankbarkeit und mit der größten Verständnisbereitschaft aufgenommen und meinen Gewinn gehabt. Ich hatte Montaigne gelesen und Pascal und Peguy, die Philosophen, die mich später immer begleitet haben und die mir immer wichtig gewesen sind. Und selbstverständlich Schopenhauer, in dessen Welt und Denken, naturgemäß nicht in dessen Philosophie, ich noch von meinem Großvater eingeführt worden war. Diese Lektüre, oft bis tief in die Nacht hinein fortgesetzt, war immer Anlaß gewesen für Auseinandersetzungen mit meinem Mitpatienten, der auf seine Weise und für seine Verhältnisse, die Literatur und die Philosophie, noch mehr aber natürlich das Philosophieren betreffend, eine gute Ausbildung hinter sich gehabt hatte. Ich hatte mit meinem Zimmergenossen Glück gehabt. Auch hatte ich mit der Zeit wieder Lust bekommen, Zeitungen zu lesen, wenngleich ich von dieser Lektüre immer gleich abgestoßen gewesen war, was aber nicht verhindern hatte können, daß ich schließlich wieder jeden Tag von neuem in ihnen gelesen habe, schon damals war ich ganz und gar diesem alltäglich sich wiederholenden, jetzt, wie ich weiß, lebenslänglichen Mechanismus verfallen gewesen, Zeitungen zu besorgen und zu lesen und von ihnen immer abgestoßen zu sein. Wie mein Großvater, der sie genauso wie ich zeitlebens verabscheut hatte, war auch ich jener Zeitungskrankheit verfallen, die unheilbar ist. So waren die Großgmainer Tage zwischen Bücher- und Zeitunglesen und Philosophieren und dann wieder alltäglichen Gesprächen zwischen mir und meinem Zimmergenossen ausgefüllt gewesen, aber naturgemäß war zuvorderst von Krankheit und Tod gesprochen worden, und einige Abwechslung hatten natürlich immer wieder plötzliche und unvorhergesehene Zwischenfälle im Vötterl hervorgerufen, Ankünfte, Abreisen, Todesfälle und die mit den wöchentlichen Untersuchungen und Durchleuchtungen zusammenhängenden Fragen und Antworten und Verordnungen und *Verhaltensmaßregeln.* Waren meine Zweifel über meinen tatsächlichen Krankheitszustand auch in keinem einzigen Moment auszuräumen gewesen und fürchtete ich auch immer den Blick in die Zukunft, so war ich doch im Vötterl auch geborgen gewesen, dem Aufenthalt im Krankenhaus in der mir noch immer sehr weit entrückten Stadt letzten Endes und, wie mir schien, auf die bestmögliche Weise entronnen. Bei Tag hatte ich den Alptraum verdrängen, in der Nacht aber seine um so verheerenderen Bilder nicht ersticken können, denn in den Nächten war ich ihm ausgeliefert. Manchmal war ich aufgewacht, aufschreiend, wie mir von meinem Zimmergenossen gesagt worden war. Dieser hatte schon bald die Aussicht, nach Hause gehen zu können, und bereitete sich über eine Reihe von einschlägigen Büchern auf die Wiederaufnahme seiner Studien an der Wiener Technischen Hochschule vor. Er war schon im letzten Herbst aus diesen Studien herausgerissen gewesen, zuerst in Wien, dann in Linz, schließlich in Salzburg im Krankenhaus behandelt und Ende Feber nach Großgmain gebracht worden. Seine Eltern hatten ihn regelmäßig besucht. Sie hatten ein, nach seiner Beschreibung, sehr schön an der Südseite des Mönchsberges gelegenes Haus besessen, sein Vater war ein höherer *Eisenbahningenieur* gewesen, darunter kann ich mir noch heute nichts vorstellen. Er hatte das gehabt, was ich niemals gehabt habe, ein sogenanntes geordnetes Familienleben, welchem alles untergeordnet gewesen war. Manchmal hatte ich den Eindruck, durch die Tatsache, daß ich ein solches Familienleben niemals gehabt und auch niemals gekannt habe, in einem entscheidenden Nachteil zu sein, aber dann war ich doch immer wieder, wenn ich es mir genau überlegte, von einem solchen Familienleben abgestoßen gewesen. Ich wünschte es nicht. Seine Krankheit war, genausowenig wie die meinige, exakt definiert, die Ärzte hatten auch in seinem Fall mehr herumgeredet als konstatiert und aufgeklärt. Er hatte aber keine Rippenfellentzündung, überhaupt keine akut aufgetretene Krankheit, sondern, so seine Bezeichnung, *einige verdächtige Schatten auf dem linken unteren Lungenflügel* gehabt, die auf dem Röntgenbild einmal deutlich, dann wieder überhaupt nicht zu sehen gewesen waren, seine Krankenhausaufenthalte waren alles in allem nur sogenannte vorbeugende Maßnahmen gewesen, die mehr von seinen Eltern als von seinen Ärzten gefordert worden waren. Selbst jetzt, wo er schon an seine baldige Entlassung auch aus Großgmain gedacht hatte, war er einmal mit der Bemerkung, die Schatten seien da, dann wieder mit der entgegengesetzten, die Schatten seien nicht da, aus dem Röntgenraum in das Zimmer heraufgekommen. Die Ärzte verunsicherten ihn, aber er, schließlich auch seine Eltern, setzten schließlich alles Mögliche daran, daß er wieder ins Leben und an seine Studien gehen konnte. Ich zweifelte, wenn ich ihn beobachtete und vor allem wenn ich ihn darüber reden hörte, nicht an seiner Begabung für das Fach, das er sich ausgesucht hatte, die Architektur. Aber es hatte naturgemäß auch immer wieder eine Grenze des Verständnisses zwischen ihm und mir gegeben. Wenn wir an dieser Grenze angekommen waren, hatten wir ganz einfach unsere Unterhaltung abgebrochen und waren in unsere, und das heißt diametral entgegengesetzte Lektüre geflüchtet. Ich war es so lange nicht mehr gewohnt gewesen, mich mit einem jungen Menschen zu unterhalten, es hatte eine Zeitlang, ein paar Tage, gedauert, mich auf die Tatsache, daß ich auf einmal wieder mit einem Jungen, noch dazu beinahe Gleichaltrigen zusammen war, einzustellen, und als mir die Überwindung dieser Anfangsschwierigkeit geglückt war, hatte ich schon gewonnen. Ich hatte meinen Mitpatienten schließlich als einen idealen Zimmergenossen empfunden, es hätte ja ein ganz anderer sein können. Eines Tages hatte mir meine Mutter jenen Klavierauszug aus der Stadt mitgebracht, den mir mein Großvater versprochen gehabt hatte. *Die Zauberflöte.* Sie hatte nur von meinem Großvater von meinem Wunsch wissen können, denn ich hatte diesen Wunsch keinem anderen Menschen gegenüber geäußert, wie meine Mutter mir jetzt eröffnete, habe mein Großvater mir den Klavierauszug der *Zauberflöte* zu meinem Geburtstag schenken wollen, jetzt sei sie selbst in die Buchhandlung Höllrigl gegangen und habe *Die Zauberflöte* für mich gekauft, *mit Verspätung*, hatte sie in dem Augenblick gesagt, in welchem sie den Klavierauszug aus dem kleinen Rucksack herausgezogen hatte, mit welchem sie im Autobus nach Großgmain gefahren war. *Die Zauberflöte* war, vielleicht auch, weil es die erste Oper gewesen war, die ich gehört hatte, meine Lieblingsoper und ist es noch heute. Jetzt hatte ich genau den Gegenstand in Händen, der mich früher in höchstem Maße glücklich gemacht hätte, nun jedoch in einen Zustand der Verzweiflung stürzen mußte, weil mir inzwischen jede Hoffnung, jemals wieder singen zu können, genommen war. Ich hatte es nicht auf den Versuch ankommen lassen zu prüfen, ob ich überhaupt noch meine Singstimme hatte. *Die Zauberflöte als Klavierauszug* in meinen Händen war also alles eher gewesen als das von ihr erhoffte Glück, sie hatte mir plötzlich wieder mit erschreckender Deutlichkeit meine Grenzen gezeigt, aber ich hatte mich nur die kürzeste Zeit der Sentimentalität ausgeliefert. Ich versteckte den Klavierauszug im Kasten, nicht ohne mir bei dieser Gelegenheit den Befehl gegeben zu haben, ihn solange wie möglich nicht mehr in die

Hand zu nehmen. Meine Mutter war, wie ich mich erinnere, regelmäßig an jedem zweiten Sonntag mit ihrem Mann, meinem Vormund, und mit meinen Geschwistern nach Großgmain herausgekommen, immer wieder auch einmal und tatsächlich, um das Fahrgeld zu sparen, die sechzehn Kilometer zu Fuß, was für sie doch jedesmal eine viel zu große Anstrengung gewesen war, denn der Weg war damals noch immer ein Schotterweg gewesen, und die Steigung hatte jeden schon bald erschöpft. Sie hatte sich aber ein Ausbleiben niemals gestatten wollen, weil sie wußte, daß ich wartete. Nun war die Mutter der Mensch, der mir der nächste war. Im Grunde hatte ich damals, immer wenn sie gegangen war, nur wieder darauf gewartet, daß sie kommt. Die Woche war aber lang und mit der Zeit immer schwieriger mit Abwechslung auszufüllen gewesen. In der Zwischenzeit war ich längst aufgestanden und hatte das Innere des Hotels Vötterl erforscht, seine den ganzen Tag über wahrscheinlich aus Sparsamkeitsgründen finsteren und dadurch nicht ungefährlichen Gänge, alle sogenannten Gesellschaftsräume, in welchen natürlich überhaupt nichts mehr an die Tatsache erinnerte, daß das Vötterl einmal ein beliebtes Hotel gewesen war, es war vollkommen für seinen Zweck, Heilungs- oder Endstation für lungenkranke Menschen zu sein, ausgestattet, und der Krankheitsgeruch hatte sich in allen seinen Räumen und selbst in seinen Mauern festgesetzt. Mein Mitpatient, der Architekturstudent, hatte mich eines Tages überraschend aufgefordert, mit ihm in das Dorf zu gehen, das Abenteuer, vor welchem ich zuerst Angst gehabt hatte, war geglückt, ein Rundgang zuerst um die Kirche, dann, neugierig geworden, in die Kirche hinein und auch noch ein Stück in Richtung Grenze und wieder zurück. Der Anfang war gemacht, die darauffolgenden Tage hatte ich, immer in Begleitung meines Zimmergenossen, meine Wege erweitert und auf diese Weise nach und nach die Schönheit und die Geborgenheit des Ortes und seiner unmittelbaren Umgebung kennengelernt. Es war jetzt Anfang April, und die genaue Naturbeobachtung hatte eine neue Abwechslung in meine Großgmainer Eintönigkeit gebracht. Schließlich, nachdem mein Zimmergenosse entlassen gewesen und ich von da an allein war auf meinen Erkundungswegen, waren es nurmehr noch ein paar Tage bis Ostern. Ich hatte den Mut, die Grenze nach Bayern zu überschreiten, ich war ganz einfach, ein paar hundert Meter oberhalb der bewachten Brücke, über den Fluß gesprungen und eine Weile auf dem deutschen Ufer entlanggegangen und dann wieder denselben Weg zurück. Schon am nächsten Tag, weil ich jetzt ausprobiert hatte, wie leicht es war, über die sogenannte Grüne Grenze zu gehen, habe ich an derselben Stelle die Grenze überquert und bin weiter und weiter und schließlich bis in das vier oder fünf Kilometer entfernte Reichenhall hineingegangen und habe auf diese Weise zum erstenmal in meinem Leben die Geburtsstadt meiner Großmutter aufgesucht. Diese Grenzgänge hatten mich natürlich sofort an jene ein paar Jahre zurückliegenden erinnert, die ich zu der Zeit unternommen hatte, in welcher die Meinigen noch in Traunstein gewesen waren, während ich in das Salzburger Gymnasium gegangen bin. Jetzt hatte ich keine

Angst vor dem Gefaßtwerden, es wäre mir vollkommen gleichgültig gewesen. Ich bin beinahe täglich, weil die von mir sogenannten bayerischen die schöneren und die interessanteren Spaziergänge gewesen waren, über die Grenze und nicht ein einziges Mal gefaßt worden. Ich erinnere mich, daß ich eines Tages sogar den Mut gehabt habe, erst gegen neun Uhr am Abend und also nach dem Nachtmahl über die Grenze zu gehen, weil ich herausbekommen hatte, daß um halb zehn im Kurpark ein sogenanntes *Kurkonzert* stattfinden sollte, und ich hatte mir dieses Kurkonzert tatsächlich und bis zum Ende angehört und war erst gegen Mitternacht wieder im Vötterl gewesen, völlig unbemerkt. Dieses Unternehmen war nur möglich gewesen, weil ich allein im Zimmer gewesen war und ich die Schliche ausfindig gemacht hatte, die es ermöglichten, vollkommen unentdeckt gegen neun aus dem Vötterl hinaus- und genauso unentdeckt gegen zwölf wieder in das Vötterl hineinzukommen. Nichts beweist besser, wie gut ich in dieser Zeit schon wieder beisammen war, als diese ausgedehnten Spazier- und letzten Endes immer noch abenteuerlichen Grenzgänge. Nach und nach waren mir die Medikamente entzogen worden, die Untersuchungen hatten eine tagtägliche, kontinuierlich fortschreitende Besserung meines Allgemeinzustandes gezeigt, die Aufmerksamkeit des Röntgenologen war naturgemäß auf die Lunge gerichtet, auf welcher aber, so der Röntgenologe, keinerlei Krankheitsanzeichen sichtbar gewesen waren. Meine Zweifel waren geblieben, meine Angst, tatsächlich lungenkrank zu werden, war in Kenntnis meiner unmittelbaren Umgebung im Vötterl vergrößert. Unausgesprochen war diese Angst auch immer zwischen mir und den Meinigen gewesen und hatte sich auch in ihnen, vor allem meine Mutter betreffend, verstärkt. Gegen diese Tuberkuloseangst hatte es kein Mittel gegeben. Einerseits waren sie für die Möglichkeit, daß ich mich hier im Vötterl tatsächlich auf Kosten der Krankenkasse erholen hatte können, *gesundatmen*, wie es meine Mutter bezeichnet hatte, dankbar, andererseits war ihre Befürchtung, daß sich dieser Großgmainer Aufenthalt als großer Fehler und für mich lebensschädlich herausstellen könnte, natürlich in ihren Köpfen nicht zu ignorieren gewesen. Letzten Endes war es für uns alle, wenn wir schon daran denken hatten müssen, das Vernünftigste gewesen, nicht darüber zu reden. Die Idylle, in welcher ich, leider als kranker und nicht als gesunder Mensch, in dieser Zeit gelebt hatte, ohne die Vorzüge dieser von den Bergen schützend umschlossenen Gegend genießen und die damals an diesem Orte noch vollkommen unberührte Natur in jeder Hinsicht ausnützen zu können, hatte in ihrem Zentrum, naturgemäß vor der Öffentlichkeit nach Möglichkeit und mit allen Mitteln verborgen, wie jede Idylle ihre Kehrseite gehabt, ihren Widerspruch, ihr *Höllenloch*. Wer in dieses *Höllenloch* hineinschaute, mußte sich vor dem tödlichen Übergewicht in acht nehmen. Was mich betrifft, war ich aber hier, im Vötterl, nachdem ich durch die Hölle des Salzburger Landeskrankenhauses gegangen war, dieser tödlichen Gefahr nicht mehr ausgesetzt. Ich war ganz einfach tatsächlich über den Berg, und meine Hilfsmittel waren schon zahlreich. Die Initiative war längst von *meinem* Kopf ausgegangen. Meine Bibliothek in meinem Zimmer war schon auf mehrere Dutzend Bücher angewachsen gewesen, ich hatte den *Hunger* von Hamsun, den *Jüngling* von Dostojewski und *Die Wahlverwandtschaften* gelesen und mir, wie mein Großvater das sein ganzes Leben lang praktiziert hatte, zu meiner Lektüre Notizen gemacht. Den Versuch, ein Tagebuch zu führen, hatte ich sofort wieder aufgegeben. Ich hätte im Vötterl mit allen möglichen Leuten Kontakt haben können, aber ich hatte keinen Kontakt gewünscht, der Umgang mit meinen Büchern und die ausgedehnten Expeditionen in die weiten, zu einem Großteil noch unentdeckten Erdteile meiner Phantasie hatten mir genügt. Kaum war ich aufgewacht und hatte wie seit Monaten jeden Morgen die Vorschrift, meine Temperatur zu messen, gewissenhaft erfüllt gehabt, war ich auch schon mit meinen Büchern, meinen engsten und innigsten Freunden, zusammen gewesen. In Großgmain war ich erst auf das Lesen gekommen, plötzlich und für mein weiteres Leben entscheidend. Diese Entdeckung, daß die Literatur die mathematische Lösung des Lebens und in jedem Augenblick auch der eigenen Existenz bewirken kann, wenn sie als Mathematik in Gang gesetzt und betrieben wird, also mit der Zeit als eine *höhere*, schließlich die *höchste mathematische Kunst*, die wir erst dann, wenn wir sie ganz beherrschen, als *Lesen* bezeichnen können, hatte ich erst nach dem Tod des Großvaters machen können, diesen Gedanken und diese Erkenntnis verdankte ich seinem Tod. Die Tage hatte ich mir also lehrreich und nützlich gemacht, sie waren auch schneller vergangen.

Mit dem Lesen habe ich die auch hier jederzeit offenen Abgründe überbrückt, mich aus den nur auf Zerstörung hin angelegten Stimmungen retten können. An den Sonntagen hatte ich Besuch und war dann in Gesellschaft jener Menschen, die meine Heimkehr und meine Gesundheit ebenso erwarteten wie befürchteten, denn diese Heimkehr mußte, so hatten sie naturgemäß denken müssen, zu einer neuerlichen Katastrophe in ihrer durch die Ereignisse und Geschehnisse der letzten Monate vollkommen zerstörten Existenz führen. Es war für sie selbstverständlich gewesen, daß ich meine ganze Aufmerksamkeit jetzt mehr dem Kaufmann in mir und nicht dem Sänger, also auf alle Fälle dem Kaufmannsberuf und nicht der Musik zuzuwenden hätte, und sie versuchten ununterbrochen während ihrer Großgmainer Besuche, direkt oder indirekt, mich auf den Kaufmann *zu*- und von dem Sänger *ab*zulenken, es muß ihnen naturgemäß eine Selbstverständlichkeit gewesen sein, daß mit meiner Lunge eine Sängerkarriere ausgeschlossen gewesen war, so setzten sie jetzt wieder alles auf meine kaufmännischen Talente und auf die, wie sie immer geglaubt hatten, größeren und einträglicheren Möglichkeiten des Kaufmanns. So bald als möglich, gleich, wenn ich von Großgmain nach Hause gekommen und also wieder gesund sei, so hatte ich es immer wieder gehört, solle ich zu der sogenannten Kaufmannsgehilfenprüfung antreten, für welche ich ja längst zugelassen sei, und die Lehre ordnungsgemäß abschließen. Ist diese seine Lehre abgeschlossen, sind wir erleichtert, hatten sie denken dürfen, und es waren ihnen die Versuche, mich jetzt pausenlos zum Kaufmannsberuf zu drängen, nicht übel zu nehmen. Doch ich selbst hatte an dem Kaufmannsberuf keinerlei Interesse mehr, ich war bereit gewesen, die Kaufmannsgehilfenprüfung zu absolvieren, aber nichts weiter. Ich war bereit, meine Arbeit beim Podlaha wieder aufzunehmen, aber ich hatte nicht im entferntesten mehr daran gedacht, Kaufmann zu werden, das hatte ich im Grunde niemals gedacht, das war niemals ein ernsthafter Gedanke in mir gewesen, denn daß ich aus dem Gymnasium gelaufen war und dann jahrelang dem Podlaha als Lehrling gedient hatte, war ja nicht und niemals dem Gedanken entsprungen gewesen, Kaufmann werden zu wollen, dazu hätte ich einen ganz anderen Weg einzuschlagen gehabt, meine Aktion, meine Revolution hatten die Meinigen gründlich mißverstanden, sie klammerten sich natürlich jetzt an die Tatsache, daß ich beim Podlaha Lehrling gewesen war. Die Entdeckung, daß sie ihr Mißverständnis noch nicht zurückgezogen hatten, im Gegenteil, daß sie es jetzt auch noch, wie mir schien, schamlos ausnützten, hatte mich abgestoßen. Das Problem, was, wenn ich wieder gesund sei, aus mir werden sollte und also was aus mir würde, war, von mir aus gesehen, überhaupt nicht *ihr* Problem, sondern ausschließlich *mein* Problem. Ich hatte überhaupt nichts werden und natürlich niemals ein Beruf werden wollen, ich hatte immer nur *ich* werden wollen. Das hätten sie aber, gerade in dieser Einfachheit und gleichzeitigen Brutalität, nie verstanden. Zu Ostern war meine Mutter mit meinen Geschwistern gekommen, die letzten Großgmainer Tage waren angebrochen. Ich erinnere mich, daß ich von einem im ersten Stock des Vötterl gelegenen Balkon aus gemeinsam mit meiner Mutter und meinen Geschwistern mehrere unter diesem Balkon vorbeiziehende Musikkapellen beobachtet hatte, ich hatte Umzüge dieser Art niemals leiden mögen und auch die Musik solcher Kapellen hatte mich immer mehr belästigt und verletzt, als daß sie mich anziehen hätte können, wie ich ja zeitlebens immer ein Feind von allen Arten von Umzügen und Aufmärschen gewesen bin. Meinen Geschwistern zuliebe, wahrscheinlich, weil ihnen der Wunsch, diese unten vorbeiziehenden Musikkapellen zu sehen, ganz einfach erfüllt werden mußte, waren wir auf den Balkon hinausgetreten und hatten hinuntergeschaut, mich erinnerte der Aufmarsch dieser Musikkapellen, dieser Hunderte von Männern in ihren als Tracht ausgegebenen Uniformen, die stumpfsinnig und wie wild auf ihre Schlaginstrumente einschlugen und die ebenso stumpfsinnig und wie wild in ihre Blasinstrumente hineinbliesen, sofort an den vergangenen Krieg, ich hatte schon immer alles Militärische gehaßt, also mußte ich von diesem österlichen Vorbeimarsch naturgemäß abgestoßen gewesen sein, und gerade solche protzigen Umzüge auf dem Land hatte ich immer zutiefst verabscheut. Im Volk sind aber diese Umzüge wie nichts anderes beliebt, und es drängt sich in Scharen zu diesen Umzügen, es ist immer und zu allen Zeiten vom Militärischen und von der militärischen Brutalität angezogen gewesen, und die Perversität auf diesem Gebiet ist in den Alpenländern, wo schon immer der Stumpfsinn als Unterhaltung, ja als Kunst ausgegeben worden ist, die größte. Kaum war die letzte dieser Musikkapellen vorübergewesen und die Neugierde meiner Geschwister befriedigt, hatte mich meine Mutter ins Vertrauen gezogen und mir Mitteilung gemacht von einer schon *in den nächsten Tagen* an ihr vorzunehmenden Operation. Sie sei gezwungen, *schon morgen* das Krankenhaus aufzusuchen, der Termin sei unaufschiebbar, *sie selbst* hatte von einer *Krebs*erkrankung gesprochen. Das Osterfest war abgebrochen, Mutter und Geschwister waren schon kurz nach dem Musikkapellen- und Trachtenumzug nach Salzburg zurückgefahren und hatten mich in einem Zustand tiefer Niedergeschlagenheit zurückgelassen. Als ich nach Hause kam, in eine, wie ich mich erinnere, kalte und menschenleere und total verwahrloste Wohnung, in welcher an allen Ecken und Enden die über uns alle hereingebrochene Katastrophe zu sehen gewesen war, hatte meine Mutter ihre Operation längst hinter sich. Von ihrer Krankheit war sie schon zwei Wochen, bevor sie mich darüber aufgeklärt hatte, in Kenntnis gesetzt worden, sie hatte mich also mehrere Male in Großgmain aufgesucht, ohne den Mut gehabt zu haben, mir diese Wahrheit zu sagen. Als ich nach Hause kam, mit dem Autobus, waren die Meinigen im Krankenhaus bei meiner Mutter. Ich selbst hatte aus Großgmain eine weitere unerfreuliche Nachricht mitgebracht, mit welcher ich die Meinigen aber nicht gleich hatte konfrontieren wollen: meine Lunge war am Ende meines Großgmainer Aufenthaltes doch angegriffen, der Röntgenologe hatte ein sogenanntes Infiltrat auf dem rechten unteren Lungenflügel entdeckt, und seine Entdekkung war von dem Großgmainer Internisten bestätigt worden. Die Befürchtung hatte sich bewahrheitet, in Großgmain *war* ich auf einmal lungenkrank. Noch am Tag der Entlassung aus Großgmain habe ich meine Mutter im Landeskrankenhaus aufgesucht. Sie hatte die Operation gut überstanden. Aber der Arzt hatte uns keinerlei Hoffnung gemacht. Tagelang bin ich zuerst im Großvaterzimmer gesessen und dann in der Stadt hin und her gegangen, wie sich denken läßt, in der größten Verzweiflung. Ich hatte niemanden sehen wollen, also hatte ich niemanden aufgesucht. Zwei Wochen nach meiner Entlassung aus Großgmain hatte mir die Krankenkasse einen sogenannten *Einweisungsschein in die Lungenheilstätte Grafenhof* zugeschickt. Mit der an diesen Einweisungsschein gehefteten Fahrkarte hatte ich meine Reise antreten können.